[波多黎各] 罗萨里奥·费雷——著　轩乐——译

潘多拉文件

后浪出版公司

Papeles de Pandora
Rosario Ferré

四川人民出版社

图书在版编目（CIP）数据

潘多拉文件 / (波多) 罗萨里奥·费雷著 ; 轩乐译
. -- 成都 : 四川人民出版社, 2020.8 (2021.12 重印)
ISBN 978-7-220-11910-1

Ⅰ . ①潘… Ⅱ . ①罗… ②轩… Ⅲ . ①小说集—波多
黎各—现代②诗集—波多黎各—现代 Ⅳ . ① I755.15

中国版本图书馆 CIP 数据核字 (2020) 第 108661 号

四川省版权局
著作权合同登记号
图字 : 21-2020-271

Papeles de Pandora
Copyright © 1976 by Rosario Ferré
This revised and expanded edition published by Joaquín Mortiz in 1979
Simplified Chinese edition copyright © 2020 Ginkgo (Beijing) Book Co., Ltd.
All rights reserved.
本中文简体版权属于银杏树下（北京）图书有限责任公司。

PANDUOLA WENJIAN

潘多拉文件

著　者	[波多黎各] 罗萨里奥·费雷
译　者	轩　乐
选题策划	后浪出版公司
出版统筹	吴兴元
编辑统筹	朱　岳　梅天明
特约编辑	刘苗苗
责任编辑	邹　近
装帧制造	墨白空间·陈威伸
营销推广	ONEBOOK
出版发行	四川人民出版社（成都槐树街 2 号）
网　址	http://www.scpph.com
E - mail	scrmcbs@sina.com
印　刷	嘉业印刷（天津）有限公司
成品尺寸	125mm × 190mm
印　张	9.25
字　数	164 千
版　次	2020 年 8 月第 1 版
印　次	2021 年 12 月第 2 次
书　号	ISBN 978-7-220-11910-1
定　价	55.00 元

潘多拉是世上第一个女人。
宙斯将她放在世上第一个男人
——厄庇墨透斯——的身旁,
并赠予了她一个盒子,
盒中封存着人类的所有善与所有恶。
潘多拉打开了那致命的盒子,
于是盒中的一切都散落人间,
只余下希望在其中。

译　序

潘多拉是世上第一个女人。

宙斯将她放在世上第一个男人

——厄庇墨透斯——的身旁，

并赠予了她一个盒子，

盒中封存着人类的所有善与所有恶。

潘多拉打开了那致命的盒子，

于是盒中的一切都散落人间，

只余下希望在其中。

　　这是人们耳熟能详的潘多拉魔盒故事的一个版本，也是波多黎各作家罗萨里奥·费雷（Rosario Ferré）为自己的短篇小说及诗歌集《潘多拉文件》（*Papeles de Pandora*）所作的引言。"于是盒中的一切都散落人间，只余下希望在其中。"这既是终结，亦是初始。人间有盒中的一切，唯独没有希望。人间有盒中的一切，抑或，可以从盒中捡起希望。费雷用这种方式捧上了她的文字盒子、她给世界的礼物，邀请人们打开。

　　罗萨里奥·费雷 1938 年出生于波多黎各蓬塞一个上流社会家庭，自幼饱读诗书，在波多黎各和美国完成了初中高等教育，并于马里兰大学取得文学博士学位。自 1970 年写出第一篇短篇小说开始，先后用西班牙语和英语创作出版了短篇小说集、散文集、诗集及文学评论专著近三十种，毫无争议地成为波多黎各二十世纪后半叶最重要的作家、诗人之一。

镜 | Espejo

　　费雷的文字涌动着对读者视觉、听觉的刺激，描述的画面常常奇谲怪诞、摄人心魄，"耀眼且令人不安"[1]。这源自她对自我生命的卓越体验力以及对周遭一切的细微观察。她仿佛长久地站在一面凹凸不平的变形镜前，凝视的不仅是自己的轮廓、面庞、内心，还有背景中后殖民时代波多黎各的政治图景、自己所属的社会阶级以及那座岛屿上的风土与人民。言语便是那变形的镜面，延展、缩紧了它所映射的空间，拉伸、挤压了镜中人与事物承载的时间，极具加速或减速节奏的纷繁图景创造了扭曲的、喷泻而出的或如烟尘般漫开的力量：

1　参看《纽约时报书评》对《最小的娃娃》(*The youngest doll*，费雷本人完成的《潘多拉文件》英译本)的评价。

超市里的食物满溢

卖煤油的　卖金枪鱼的　卖水泥的货存满溢

权贵的游艇满溢

游艇满溢的权贵的女人的珠宝满溢

蓬塞海滩的下水道里　管道　阴道　枪炮满溢

——《夏娃·马利亚》

　　她将轻柔、和缓的体验与暴力、摄人的经历糅合在一起：被甩入"龙尾般的水流时"，人物感觉到的是"骨髓里积起了蓬松的雪"（《最小的娃娃》）；她不惧怕给读者带来感官的污秽泥潭，并从中萃取至高无上的神性光芒：

　　她黑得像咖啡壶底的渣滓，像下水道里的淤泥，在黑人伊莎贝尔的怀里辗转就像在泥浆的鞭子间翻滚，因为在黑人伊莎贝尔的怀里，做什么都可以，没有任何禁忌，身体是世上唯一的伊甸园，唯一的欢愉源泉，因为我们懂得享乐，享乐使我们成为神，我的孩子，尽管我们必有一死，但我们拥有神的身体，因为在那几个瞬间我们就偷来了他们的永生。

——《当女人爱着男人》

　　《当女人爱着男人》的故事围绕的也是一个关于镜像

的隐喻。费雷创造出两个伊莎贝尔：上流社会的贵妇伊莎贝尔·卢贝尔莎和出身底层的妓女黑人伊莎贝尔——一位是富商安布罗西奥的妻子，另一位是他的情人。两个女人原本有"天壤之别"的生命被一个男人联结起来，她们在漫长的岁月里相互揣测、相互想象。另一人的模样、声音、气味、表情、欲望、痛苦、思想……仿佛盘绕在男人身体上的蛇，吐着信子，咬住自己不放。她们看不到对方，却又时时看着对方，终于——以他人的视角——"逐渐融为一体，渐渐相互抹除，仿佛把一张破旧照片温柔地放置在其底片之下"，"每人都在身体里藏着另一张忧郁的面孔"。最后在两人跟跄走到故事的尽头时，"不知谁会从墙上摘下一面镜子，我们走到它面前，那另一张面孔便会突然穿过肌肤呈现在我们的脸上"。两人的合一更像是某种逆向复原：她们本是一个生命、一副面孔，却被撕成两半，各自被圈禁在被赐予的属性中，无法奢望另一边所拥有的东西。正如作家本人所说，"那个父权社会做了一切来保证男人在性和经济活动方面的绝对自由，却在妻子和妓女身上实施暴政"[1]。

---

1 "How I wrote 'When women love men'", Rosario Ferré, *The youngest doll*, Nebraska: Universtiy of Nebraska Press, 1991，p.151.

独白 | Monólogo · 对白 | Diálogo

第一人称独白是《潘多拉文件》叙事中的重要元素。有时费雷会使用意识流的叙述方式，去掉某些独白段落的标点，将文字的节奏逼迫到极致，在这些段落中，表达仿佛先于意识出现，迅速占满纸张上的空间，如瀑布水流，径直灌入读者的感官，不容停息，无法拒绝，直到人们浸没于它所传递的信息与情感，不得呼吸。这种叙述方式带来了拼接并置的视觉效果，如大口吞下的盛宴，比最贴切的耐心描写更具冲击力，出人意料的是，它也更加真实：

我总是在他身边，总是自言自语，一个人吃饭，一个人睡觉，一个人照着镜子张开嘴用手指触碰上颚，看看会不会出什么声音，房子狗椅子嘴的形状咬东西用嘴唇内侧认识木头的质地或头发的口感试验自己可以憋气多久房子狗椅子但是那些物体并不会出声它们都待在原地默不作声仿佛是因为我的嘴张得不够大或者它们本身体积太大那些锋利的棱棱角角硌在牙龈上从喉咙深处往上推它们却没有任何结果碰触着那个我照镜子时在口中越埋越深的喑哑空洞后来我相信了我就要疯了。后来我生了我的儿子，才重新开始说话。

——《奔驰 220 SL》

读者在听过不同人物的独白之后，或许会期待他们之间的某种沟通，期许不同情感的洪流可以交汇，但费雷常常选择保留那道无法跨越的鸿沟。她甚至会构建空洞的对白桥梁，但对白传达出的信息却十分清楚，真正的沟通无法存在，有冲突的、属于不同阶级的人物之间，相互理解多是天方夜谭，根本无须努力。于是我们看到《奔驰 220 SL》中，女孩始终没有告诉夫人，他们夫妇俩撞死的究竟是谁。在独白急猛的力量与对白无可奈何的失落间，费雷激起失去平衡的震荡，让迷人的悲剧美感倾斜着铺散开来。

作家与女权主义 | La escritora y el feminismo

许多评论者在提起费雷时，会直接在她的姓名前加上女权主义作家的封号，但"也有声音认为她是女权主义的背叛者"[1]。这或许是因为她不是一位"军人型的女权主义者（feminista militante）"，她并不仅仅为斗争而书写，也没有服从女权运动的全部指令；又或许是因为她笔下如光怪陆离的藤蔓植物般展开的故事无法直白地传递出"明确"的信息——显然，她的文字需要更加积极亢奋的读者。费雷不太相信存在与所谓男性文学相异的

---

1 *El coloquio de las perras*, Luna Miguel, Madrid: Capitán Swing Libros, S.L., 2019, p.30.

女性书写或女性文学，因为文学，正如表达和形式，本身没有性别，女性作家与男性作家唯一的区别在于，那个年代，她们与男性的经历实在太过不同。[1] 她在散文集《围困爱神》（*Sitio a Eros*）中说："如同所有其他艺术家，女性在用自己能书写的方式书写，而不是在用她们想要或应该的方式书写。她们或许需要愤怒着、爱着书写，笑着、哭着书写，烦闷地、非理性地书写，在疯癫的边缘书写，用尖利刺耳的美学书写，无论如何最重要的是去书写，并且持续书写。"她相信需要"继续写下去，哪怕仅是为后来的女性作家铺平道路，或许某一天，她们终于可以平静而不是愤怒地写作，正如弗吉尼亚·伍尔夫所期望的那样"[2]。

愤怒的确是费雷书写欲望最有力的泉源之一，这一点在她包括《潘多拉文件》在内的早期作品中尤为明显。"言语正如利剑 / 举手可用两端 / 剑尖送出死亡 / 剑柄守得平安"[3]——她的愤怒是她崇仰的墨西哥伟大的哲学家、作家、诗人、修女索尔·胡安娜的愤怒，是在文字中长期只能作为观察客体的女性的愤怒，是一个想说话却被扼住喉咙的作家的愤怒，同时也是"停在刀刃上的波多

---

1 "La cocina de la escritura", Rosario Ferré, Ciudad de México: *Teoría del cuento*, Vol.2, "La escritura del cuento", 1995, pp.213-224.

2 *Sitio a Eros*: *quince ensayos*, Rosario Ferré, México, 1986, p.18.

3 出自索尔·胡安娜·德拉·克鲁兹（Sor Juana de la Cruz）诗作《让我们假装我是幸福的》（*Finjamos que soy feliz*）。

黎各"[1] 的愤怒。

> 他们想让我羽毛皇冠上的雨花石跳跃
>
> 他们想剥下我小女孩的脸
>
> 不该思考的　十九世纪的　顶着插花孔的
>
> 素瓷娃娃的脸
>
> 每一次当我歌唱父国
>
> 他们便用拳头把我打得满口是血
>
> ——《夏娃·马利亚》

我们收到了警察们的拳头，它们落在我们毫无抵抗能力的肉体上，让我们记起了那些溅在我们身上的狼的口水，多少个世纪以来，它不停喷溅在我们干瘦的身体上。

我们笑了，习惯了战火的我们，热切的我们，奏起了我们腰臀的颂乐，幸福地唱出名言警句，伴着我们节奏的粗言蠢语，尽情舞蹈，跳出他们几世纪的顺从卑屈，和他们对自由的千年期许。

> ——《马机诺兰德拉》

---

[1]　参看《与塞万提斯对话》（*Charlando con Cervantes*）电视栏目对罗萨里奥·费雷的专访（1995）。她在访谈中表示："我一直觉得波多黎各是停在刀刃上的国家，是个混血的民族。我们是拉丁美洲人，同时深深受着美国的影响。"

毋庸置疑的是，费雷的文字发出了强有力的女权主义的呼喊，但我们或许不应将女权主义放在她的作家名号之前，以免限制对她作品的阅读，因为她的书写涉及的远不止女性题材。宗教、政治、神话、音乐刺激了她的创造，她在诗歌和虚构的故事中将现实社会敲碎，纷繁的碎片映射的是对时代与政治的锐利观察，破坏性的书写反而成为构建图景的主要力量。她笔下诡谲瑰丽的影像与声响，联结起那片土地上无数女人和男人的血肉生命，在文字的洪流与旋律间起伏跳动，最终实现了摄人心魄的频率共振。

罗萨里奥·费雷的短篇小说与诗歌散透出的缤纷甚至疯癫的想象力令人不禁想起兰波或圣琼·佩斯的诗歌，胡戈·弗里德里希在《现代诗歌的结构》(*Die Struktur der modernen Lyrik*)中说，他们的作品"形成了一种充满激情的图像生产，这些图像可能是被赋予了感性质量的，但是不再属于任何现实"[1]。然而，类似的"图像生产"在费雷的叙事中似乎可以冲刷读者的感受力，使"声音的火药库""干净杯壁的尖叫声""在桌上舞起你的心脏"[2]

---

1 《现代诗歌的结构》，胡戈·弗里德里希著，李双志译，译林出版社 2010 年版，页 189。
2 分别出自《潘多拉文件》中的短篇小说《马机诺兰德拉》《奔驰 220 SL》及诗歌《舞者》。

都具有现实的意义。正如巴耶·因克兰在《波西米亚之光》（*Luces de bohemia*）中借人物之口所述，"唯有一贯扭曲变形的美学才能表现出西班牙生活的悲剧意味"[1]，或许，在面对费雷的文字时，我们也能通过她丰饶的感情与想象，无限接近波多黎各岛上的人和他们的现实与情感，并在那面隐藏在字间的镜子中，照见自己心中与之相通的痛苦与狂喜。

轩乐

2020 年春于格拉纳达

---

1 *Luces de Bohemia*, Valle Inclán, Madrid：Editorial Renacimiento, 1924, pp.224-225.

目　录

最小的娃娃

年迈的姨妈一大早就把扶手椅搬到了朝甘蔗园的阳台上，每次带着做娃娃的念头醒来时，她都会这么做。年轻时她常在河里游泳。有一天，河水因大雨暴涨，甩起龙尾般的水流，当时正在水中的她突然感到骨髓里积起了蓬松的雪。她的头被埋在众多石块的黑色回音中，以为自己在水声间听到了翻滚的浪花撞击沙滩硝石的声音，那一刻她想，自己的头发终于流入了大海。也是在那一刻，她感到小腿被什么可怕的东西咬了。人们叫喊着把她拉上岸，她在担架上痛得扭作一团，被抬回了家。

为她做检查的医生肯定，什么事情都没有，很可能只是被哪只讨厌的河虾咬了一口。然而，日子一天天过去，伤口却没有愈合。满一个月时，医生得出结论，认为那只河虾钻进了她小腿肚上软软的肉里，事情很明显，因为那个位置早已开始肿胀。他说会让人给她涂上芥子泥，用热把虾逼出来。姨妈的腿从脚踝到大腿都敷上了芥末，僵了一个礼拜，到治疗接近尾声时，人们发现，伤口肿得愈发厉害了，上面覆着一种碎石烂泥样的东西，若想移除它，不可能不威胁到全腿。于是她只能选择永远与那只在自己小腿岩洞中蜷曲居住的河虾共存下去。

她曾经很美，但纱裙长长的皱褶下隐藏的河虾让她远离了所有的尘世浮华。她把自己关在家里，拒绝了所有的追求者。最开始，她专注于照顾姐姐的女儿们，轻盈地拖着那条可憎的腿在房子里来来去去。大约就是在那段时间，饭厅水晶灯的水晶开始一块一块坠落，它们带着无动于衷的韵律落在饭桌破旧的桌布上，那时整个家族都被某段旧时光环绕着，他们也带着同样无动于衷的韵律，推开了周遭的所有人。孩子们很爱姨妈。她给她们梳头、洗澡、做饭吃。她讲故事时，她们会把她团团围住，偷偷掀起她浆过的裙摆，去闻那条安静的腿散出的成熟番荔枝的香味。

孩子们渐渐长大，姨妈开始给她们做娃娃。最开始，她做的只是些普通的娃娃，葫芦瓢做肉，零散的纽扣做眼睛。随着时间流逝，她精进了自己的技艺，赢得了全家人的尊重和敬意：每一个娃娃的诞生都是一场神圣欢庆的理由，所以她从来都没想过要卖掉哪个，甚至当孩子们已经长大，家里已经不再需要娃娃时，她也没有动过这个念头。随着女孩们的成长，姨妈也会按照她们每个人的身高尺寸，加大娃娃的个头。一共九个女孩，姨妈每年都会为每个女孩做一个娃娃，后来家里不得不腾出一个房间专门给娃娃住。大女儿满十八岁时，那个房间里已经有一百二十六个各个年龄段的娃娃了。打开门，人们会感觉进入了一间养鸽房，或者沙皇宫殿里的娃娃室，或者一个烟草仓库，仿佛有人在里面放了长长的一排烟叶，正等它们成熟。姨妈走进那个房间时，却不会有这些感觉，她只会插上门，充满爱意地把娃娃挨个抱起来，一边轻摇一边哼唱：你一岁时是这样，两岁时是这样，三岁时是这样……她以这种方式，在娃娃们给她怀抱留下的大大小小的空隙间，重温着她们每一个人的生命。

大女儿满十岁那天，姨妈面朝甘蔗园，坐在了扶手椅上，之后就再也没能站起来过。她整日遥望甘蔗园里水位的变化，只有医生来看她或当她带着做娃娃的念头醒来时才会偶尔脱离自己的困倦。每到这时，她都会叫那栋宅子里的所有人来帮忙。在她想做娃娃的日子里，可以看到雇工像快乐的印加信使般频繁往返于庄园和镇子间，购买蜡、陶土、蕾丝、针，还有一卷卷各种颜色的线。在他们忙活这些时，姨妈会把前夜梦到的女孩叫到她的房间量尺寸。之后，她会用蜡给孩子做一个面具，再给面具的两面都覆上石膏，把它变作夹在两副死去面孔间的一张有生命的脸；随后，她会在下巴的位置打个小孔，穿出一条无尽长的金黄的线。陶瓷的手永远透着光泽，有些象牙的味道，和素瓷的脸上那不甚平滑的白色形成鲜明的对比。做身体部分前，姨妈会派人去园子里摘二十个饱满鲜亮的葫芦。她一只手抓住它们，另一只手娴熟地把它们切成一个个饱满鲜亮的绿皮头颅。接下来，她会把葫芦串成一串，挂在阳台的墙上，让阳光和空气风干它们那灰色的棉质大脑。几天后，她会用勺子把葫芦瓢里的东西挖出来，带着无尽的耐心，一点一点地把它们从娃娃的口中塞进去。

在创造娃娃的过程中，姨妈使用的唯一不出自她手的东西是眼球的部分。它们是从欧洲寄来的，各种颜色都有，她会把它们放进自己虚弱小腿的深处待几天，让它们学会辨认河虾触角最细微的运动，在这之前，那些眼球对她来说都是不可使用的。接下来，她会用氨水对之进行清洗，随后再把闪亮如珠宝的它们存放在铺棉花垫的荷兰饼干罐里。孩子们在不断长大，娃娃的裙子却一直没变过式样。她总是给最小的那些穿机绣的衣裳，大一些的那些穿刺绣的，每个娃娃的脑袋上都戴着相同的白如鸽的蓬蓬蝴蝶结。

女孩们开始嫁人，弃家而去。婚礼当天，姨妈会送给出嫁的女孩最后一个娃娃。她会亲亲她的额头，微笑着说："你的复活节礼物在这里啦。"她还会安抚新郎说，那娃娃只是一种情感装饰，在从前的房子里，他们通常都让她坐在三角钢琴上。姨妈会从阳台高处看着女孩们最后一次从房子的楼梯下去，一只手提着不起眼的行李箱，另一只手揽着那个生机勃勃的、按照她的形象做的娃娃，那个穿着鹿皮鞋、雪花刺绣裙子和法式高腰丝绸内裤的娃娃。然而，这些娃娃的双手和脸庞却不那样透亮，坚实得像凝固的牛奶。还有另一个微妙的差异：填充婚礼娃娃的不是葫芦瓢，而是蜂蜜。

当医生带着他从北方学医归来的儿子上门为姨妈做每月例行探访时，几乎所有的女孩都出嫁了，家里只剩下最小的那个。那位年轻人掀起那浆过的裙摆，认真地查看起那巨大的肿泡和它绿色鳞片的尖端所分泌的芳香脂油。他取出自己的听诊器仔细地听起来。姨妈以为他想听河虾的呼吸，从而判断它的死活，她轻柔地拉起他的手，把它放在了一个具体的地方，想让他触摸河虾触须那有节奏的运动。这时，年轻人放下了裙摆，盯着自己的父亲。您本可以在一开始就治好她的。这是实话，父亲回答，我只是想让你来看看负担你二十年学费的那只河虾。

从此以后，每月来探访年迈姨妈的变成了那位年轻人。他对小女儿的兴趣显而易见，姨妈大可以提早准备她的最后一个娃娃了。每次来时，他的领子都好好地浆过，鞋子也擦得锃亮，打着东方结的寒酸领带上夹着惹眼的领带夹。检查过姨妈后，他会在客厅坐下，把剪纸样的轮廓停在椭圆形的窗框中倚上一会儿，再为小女儿献上一束始终如一的紫色勿忘我。她会为他端上姜饼，小心翼翼地用指尖接过花束，仿佛一个捏住刺猬肚皮的人。她决定嫁给他，因为他昏沉的侧影让她觉得有趣，也因为她很想知道，海豚皮下的肉到底是什么样的。

婚礼那天，小女儿在揽过娃娃的腰时，觉得对方的身体是温热的，她诧异了一下，但在精湛的制作技艺面前，很快就把这件事忘记了。娃娃的手和脸由精致的天皇瓷制成。她在她半开半合、带着微笑也透着悲伤的嘴唇间认出了自己的一整口乳牙。除此之外，这个娃娃还有一个特别之处：姨妈在她的瞳孔深处镶嵌了璀璨的钻石。

年轻的医生把小女儿带到了乡下生活，住在一圈水泥墙围起来的房子里。他强迫她每日坐在阳台上，好让街上过往的行人知道他已结婚。小女儿被困在那个狭小酷热的空间里，动弹不得。她开始怀疑，自己的丈夫不仅身体像剪纸，灵魂也像。很快她就证实了自己的猜测。一天，他用手术刀取出了娃娃的眼睛，把它们典当掉，换了一块配长表链的奢华的洋葱头怀表。娃娃仍旧坐在三角钢琴上，只不过自此以后，眼睑总是低垂着。

几个月后，年轻的医生注意到娃娃不见了，便问小女儿把她拿到哪里去了。一个由数位虔诚的女士组成的教友团在此之前曾告诉他，她们想在下一次四旬斋游行前为维罗妮卡圣母做一座圣像，愿出一笔巨资买下娃娃的陶瓷脸和手。小女儿回答丈夫说，蚂蚁们发现了填充娃娃的是蜂蜜，它们只用了一个晚上，就把她吞掉了。"因为她的脸和手是天皇瓷做的，所以蚂蚁会以为那是白糖做的，这会儿，它们肯定在哪个地洞里咬碎了牙，愤怒地吃着她的手指和眼睑呢。"那天夜里，医生挖遍了房子周围的土地，却什么都没找到。

很多年过去，医生成了百万富翁。他已帮镇子上的许多人看过诊，他们不在乎支付昂贵报酬，只想近距离看看已经消失的甘蔗园贵族阶级的这位真正的成员。小女儿仍旧坐在阳台上，在她的薄纱与蕾丝中一动不动，眼睑永远低垂。她丈夫那些佩戴项链、羽饰或拄着拐杖的病人会晃着自己的层层肥肉和哗哗作响的钱币，在她身旁坐下，那时他们会发觉，她周围飘着一种特别的香气，让人不自觉地想起番荔枝缓慢的成熟与腐烂。于是所有人都会忍不住搓搓手，跃跃欲试起来。

有一件事搅浑了医生的幸福。他察觉到，在自己渐渐衰老的同时，小女儿却依然保持着他当年去甘蔗园大宅拜访她时的瓷器般的紧致肌肤。一天夜里，他潜入了她的房间，想趁对方睡觉时好好观察她一番。那时，他发现她的胸脯是静止的，于是便把听诊器轻轻地放在了她的心脏部位。他听见了遥远的水声。那一刻，娃娃抬起眼睑，从她眼睛的两个空阔的孔洞中，钻出了一只只河虾的愤怒的触须。

夏娃·马利亚

赤裸着　在我的天堂身体上萌出枝叶

在你仍天真时　我已尽知一切

已尝过了手中的苹果

我走过去　把它交给你

好在之后亲手将它扼死

或让父亲　父国　父亲的土地将它扼杀

夏娃·弗尔图纳塔·阿玛兰妲·马利亚

被封住的身体花园

应许过的身体果园

充满头颅和舌头　带着期待注视着的双眼

我的母亲你的母亲　坐在土地中间

缠绕着　你在缠绕她的血肉线绳时

所解开的一切

因此　在充满喜悦的分娩中被撕裂

因此　有孩子的头颅和哭喊在两腿之间

因此　离开天堂

只为睁着眼走入地狱诸门

我曾尝试成为你所期待的样子

乖　聋　哑　瞎

戴着我的颗颗钻石和我的胸花

在母亲节将 25 号葡萄园的红酒饮下

但我没能做到

因为我的祖先们不许

他们强加给我　如层层洋葱皮的

他们的思想

如果我看海　他们也固执地去看

他们固执地在月下做爱

整日数算树上的葡萄柚

用指尖轻触含羞草

他们翻滚　出拳　抗议

在我的怀抱中张开嘴　在我的手中

吼叫　让我摘掉那狗屁泡沫腰带

让我扯下披肩上的甘蔗缨子

他们想让我羽毛皇冠上的雨花石跳跃

他们想剥下我小女孩的脸

不该思考的　十九世纪的　顶着插花孔的

素瓷娃娃的脸

每一次当我歌唱父国

他们便用拳头把我打得满口是血

超市里的食物满溢

卖煤油的　卖金枪鱼的　卖水泥的货存满溢

权贵的游艇满溢

游艇满溢的权贵的女人的珠宝满溢

蓬塞海滩的下水道里　管道　阴道　枪炮满溢

从五十年前起就是这番景象

在马楚埃利托　圣诞树倚着冰箱和电视

溢着欢笑　蟑螂　老鼠　饥饿的孩子　彩色的灯光

即便他们会枪毙我的手

我也将在有花饰的草帽

和血做的线间做出选择

在白手套

和双手的土壤间做出选择

在配红色挡泥板的　前盖有两条白线的野马汽车

和金色的霸王龙间做出选择

我将在那条暗中窥视我的龙的面前生下一名男婴

并在产后

用自己的胎盘将龙扼死

我要带着如钢条的我的儿子

从它的一侧穿行到另一侧

我头顶马鬃般的乱发　身披阳光

滴水嘴兽样的脚将停驻在明月之上

我将用红线一颗一颗地编起

眼睛的星球

并以此来庆祝我的胜利

看不见的房子

　　一向如此，你这么说着，把脚埋入了地面窸窸窣窣的潮湿树叶里。上面还有其他的叶子（大片大片的，遥远的），点着头，绿得不大均匀，一群小虫向上爬着，在树干的皮肤表面爬出一片阴影，不安的风拂过了它们微小的脊背。你头上绑着蓝丝带，腰间系着今天第一次穿的干干净净的白围裙。当我们走到那栋房子曾经耸立的地方时，你把双手背到身后，攥紧了白色的结，它悄无声息地崩散了，但你却感觉它是在你的皮肤上被击碎的，你的手臂带着你那种"那不重要"的气息将它击碎了。你就这样走过去，看着房子曾经所在的地方，阴影的空洞顺着你的脸淌下来，淌成了线，又被风推着从一边晃到另一边。你说，它有四坡式的屋顶，我于是高兴起来，因为在那一刻，我明白了，一切都不会是徒劳一场，明白了，当我牵起你的手、带你远离课间那覆满尘土的喧闹时，自己做的决定是对的。我从很久以前便开始观察你，藏在广场旁的树后，像条老狗，嗅着你的踪迹。现在，在我看来，一切都是暗的，我抬起头往天的尽头看去，树叶贴满了我的脸，我看东西一直是暗的，但很快，我就可以因你眼里的明亮而看清世界，甚至可以拦住掌上独角兽的跳跃。你想看看房子吗，这是我今天第十一次问这问题，边问边往你手里塞满了糖果，但今天你什么都没问我（和昨天一样，你叫什么名字，你说的是哪栋房子，为什么你有羽毛一样的长发，为什么你会吃树根）。女孩们在庭院的尘土上胡乱地写写画画，你看了一会儿她们，然后把手放在了我的手中，像你斩除所有表情时那样，果断得可怕。我们就这样一起走进了那条小路，一个老头儿和一个女孩儿，你的笑声像溶化的糖果般流淌，那时，我开始想起，那一次我如何停止吃树根，如何抬起双眼望向天空，希望筑起自己的房子。但那只是徒劳一场。神没有赋予我你所拥有的那种创造性的爱的目光，缰绳已经永远松开，任马鬃般的发在你脸上尽情摇摆。我们两级两级地走上楼梯。你闭着眼，探索着黑暗中的各个角度和用你皮肤打磨过的石板表面，感受着从你指尖流淌出的雕花墙线的每一次明暗转变，安抚平息着所有墙面的裂痕。你对自己的命运已经不再有丝毫怀疑，然而，系着耀眼的丝带、穿着浆过的围裙的你，仍然很不负责地像其他小女孩一样跑来跑去。我们就这样度过了整个下午，打开长苔藓的窗，为三角门变换弧顶，用力拍击百叶窗，让阳光散落。现在，我很高兴，因为你描绘的房子建好了，它包含了一切你所设想的最微小的细节，在你眼中，独角兽跳出你脸上栏杆的画面，永远地结了晶。因此，刚才我一人停在小路上，准备再欣赏它最后一次时，并不在意自己的孤独，那时，我看见它已不在那里。

睡着的男人

男人在雄蜂悲凄嘹亮的嗡鸣声中继续睡着，不时被愤怒的胡蜂刺一下，那感觉就像磨利的钢笔尖划过钢板。但男人并不该这样得到永生，不该带着对钢板上尖酸声音的客观仇恨，不该带着精确测量画格空白空间——那些画格边缘锋利，墨迹纤细——时的谨慎，他得到永生时，应该在柔缓、温软地涂抹明暗，在抚摩陈旧泡沫般的白发，在抚摩交叉于胸前的双手和从很早前就开始为他保暖的覆满尘土的棉线衣。我不停描画的双手下方的公寓地板砖渐渐变凉，男人仍在睡着。我并不急。所有的下午都一样，我等他睡着之后来到这里，在他旁边悄无声息地坐下，在地板砖上铺开画纸，察觉他的呼吸愈渐缓慢、干枯。每天下午我都坐在这同一个地方，观察着、等待着，我拔掉了自己思想的根，把它们放在纸张的空白上，看它们被日光晃到失明。每天下午我都会窥视这个睡着的男人醒来，等待那场战斗的到来。他站起身，棉线衣像一座坍塌的盐山般崩散了，他的眼睛突出来，仿佛矿洞口的太阳，他抢过我的绘画本，把它们撕碎，从窗口扔出去。这时，我又会回到独处的状态，不过却备感欣慰，我在坍塌了的渐渐凉下去的矿场上坐着，绘画变得容易，我闭上双眼，听见那个盲童吹奏的单簧管，乐声干净地驱散了黏在山脊上的团团雾气。

我不懂生命，从来都没有懂过。我会为它涂上污渍，再用指腹将它抹掉，我为它的头发涂油，张开手掌一遍遍触摸它愤懑的头颅,感觉它太阳穴的温热,以及它从我手中逃离时震慑它的愠怒。很多年过去了,今天,我终于开始画那幅从我还是个小男孩时起就开始画的画,那幅睡着的男人的肖像。也许它是我需要完成的最难的作品,也许我永远都画不出来。一种让我去追逐遗憾的奇怪欲望在推着我完成它,下雨让我感觉遗憾,终于开始下雨了让我感觉遗憾。离开那栋房子后,我画了很多画,把有嫁接果树的果园和布满常春藤的楼梯抛到了脑后。在画每一幅画前,我都会想起那个睡着的男人,想起他醒来的样子,想起那战斗。近来,我注意到他睡得更沉了。他越来越难醒来。他的怒气渐渐消了,不再如从前那样带着好斗的气息攻击我,用一己之力反抗世界,不再把双眼从矿洞口突出来,让自己愤怒地颤抖,不再在我固执的脸庞前,充满挑衅地把自己骨架上的脆弱的藤蔓植物抖落一地。尘土渐渐覆住了他,裹住双眼的蛛网也结了冰。到了晚上,他会在某个角落缩成一团,给自己哼唱催眠曲。现在,只有我才能试着让他不死,强迫他继续坚持,至少让他显得像是在继续坚持,并将此当作对他每日忠诚战斗的报偿。

现在,我手持画笔与他对峙。他睡得很沉,头枕在手肘上。春羽从敞开的窗探进来,将触手伸向他。凤梨科植物血淋淋的剑越过窗框,斩断了他衣裳干枯的线和时间呆滞不动的泡沫。我开始涂抹又擦除,我们之间再次裂出了深渊。不过，我们已习惯战斗。两人开始肉搏，像以往一样，没有丝毫恐惧。我的笔下逐渐飘出团团雾气和痛苦的周遭，以及他沉溺的表情。一个头发浓密如水的女人坐在他身旁，把他的头抱进了自己的怀里。

他们对我说，你失去了理智

他们对我说，你失去了理智
好好听我说

你走上街道
人人都用手指着你歪向一边的脑袋
像是要把它放倒
只需扣动扳机，"啪！"
你的额头就会凹陷，如同一个啤酒罐

你不问候任何人
不梳头，不擦鞋
挽着自己的手臂过街
你得握好你的手，缩起你的脖
保持警觉

疯子来了，他们说

你晃着覆满尘灰的脑袋路过
酷似游行中的圣人木像
双脚钉在腐蚀了的木板上
望向远方
你得让人们向你投来乱石
但却别让自己的皮肉开花

很明显，你失去了理智
要好好听一句劝

你得紧紧抓住桅杆
锁定极星
现在还不要卸下古老的木板
不要将船桨从其支点上抬起
你要用最好的那只眼盯住那颗星
保持忠诚
不要眨眼，要不时
在自己的双拳上安眠
不要怕记起什么
要合上你锋利如水晶的牙齿
囚起你的舌
不要再咽下什么

你失去了理智，朋友，现在已是时候
斩断绳索
攀上风
让你的心变冷

坠落

有时你会沦陷、落入

自己的深渊

几乎不能再次撕裂

已经抽了丝的无声孔洞。

但你总是可以站起身

忽略追逐你的脚步，

把你蠕虫般的手指塞入

拉长的琴弦之间，

沿向下延展的走廊一路歌唱。

在你身后，破碎的灯泡一盏盏亮起，

字句的钨丝颤栗，

某个人落在桌上的

砖石制造的步枪绽放出革命，

松散的窗撞击不断

孩子们笑个不停，

嘴里笑出的胸针镶了紫水晶。

收容所的门倒了。

那门是旧的血做的，

是在夜晚跳动的眼睑

手中冻结的液滴

破布包裹的股骨做的。

深紫色的大门，

大主教的尊座

配鸦片般的主教冠，

主席座椅

配牙齿做环饰的冠冕，

执政官座椅

配皇冠可乐围成的

皇冠。

今天你决定离开，

收容所空寂一片。

于是没有地方可以再为谁加冕。

当女人爱着男人

我熟悉的那个婊子[1]

不来自中国也不来自日本

她来自蓬塞

圣安东街区

——《圣安东布莱纳》

我们现在所知道的有限，

先知所讲的也有限，

等那完全的到来，这有限的必归于无有了。

我们如今仿佛对着镜子观看，模糊不清，

到那时就要面对面了。

——圣保罗，《哥林多前书》

13：12[2]，亦被称为《爱之书》

　　在死时，安布罗西奥，你把你的全部财产平分给了我们两人，从那会儿起，这一切纷争、这如铁环一般四处乱滚的丑闻便开始了，你的好名声被甩在了镇子四处的墙壁上，一同被甩上去的，还有你饶有兴致地晃在手

1　作者修改了歌曲《圣安东布莱纳》的歌词。原歌词为："我熟悉的那个布莱纳，不来自中国也不来自日本，它来自蓬塞，圣安东街区。"其中布莱纳（plena）为一种十九世纪末诞生于波多黎各蓬塞的音乐、舞蹈形式。
2　作者的引用不限于《哥林多前书》第13章第12节。其中也包含《哥林多前书》第13章第9、10节的内容。

里的被抽瘪的模棱两可的态度，这让我们两人同时走上了穷途末路。任何人都会说你是故意的，你那么做就是为了看我们为你点燃四根蜡烛，把它们放在角落，然后两人一决胜负，至少当时我们是这么想的，在察觉到你真实的意图之前，你一直摆布我们，让我们逐渐融为一体，渐渐相互抹除，仿佛把一张破旧照片温柔地放置在其底片之下，仿佛我们每人都在身体里藏着另一张忧郁的面孔。某一天，不知谁会从墙上摘下一面镜子，我们走到它面前，那另一张面孔便会突然穿过肌肤呈现在我们的脸上。

　　说到底，这一切不该显得如此怪异，已发生的事几乎是必然发生的。我们，你的爱人和你的妻子，我们一直都知道，社会上的任何一位贵妇的内心深处，都藏着一个妓女。人们可以看到，她们轻缓地将一条腿跷在另一条上，大腿摩擦着腿间的丝绸。人们可以看到，她们厌倦了男人，完全不知我们的感觉，我们这样穷极一生都在争夺同一个人的感觉，人们会看到，她们忽闪着睫毛，从一个男人跳向另一个，深藏阴道底部一簇簇蓝或绿的光。我们知道，任何一个妓女都是一位潜在的贵妇，她沉浸于思念，思念一栋自己永远不能拥有的白如鸽的房子，那房子的阳台有银制圣油罐形的栏杆柱，门上挂着石膏做的水果串装饰，她们沉浸于思念，思念无形的手布置餐桌时地板石砖发出的声响。安布罗西奥，我们两人，伊莎贝尔·卢贝尔沙和黑人伊莎贝尔，在我们对你的热忱里，从一开始就不知不觉地相互靠近、互相膜拜，并且不断清洗一切对我们的定义——一个妓女，还有一个贵妇。因此，我们中的一人压倒另一人而取得的最终胜利就是我们最崇高的爱的行动。

安布罗西奥，错都在你，时至今日，人们仍然分不清两人中谁是谁，分不清谁是为了修缮广场上不再喷吐彩色泉水的石狮而广募资金的伊莎贝尔·卢贝尔沙，谁又是备好自己的身子，迎接富家子弟的黑人伊莎贝尔。你这些赞助商朋友每晚都会进入我简陋逼仄的小房子，如胸骨突出的垂死雏鸽般，拖着他们的欲望，在我身体的筵席前饿得萎靡不振。人们分不清谁是红十字会的志愿护士伊莎贝尔·卢贝尔沙，谁是"年轻的主人"[1]组织的主席黑人伊丽莎白[2]，后者在演讲中表示，自己就是一项血肉证据，可以证明波多黎各人和纽约人并无不同，要知道，他们都曾与她的身体结合；人们分不清谁是套着白色羊羔皮长手套、戴着银貂领，装扮成费尔南多·佩纳的，为儿童之城、寂静之城、模范之城募款的伊莎贝尔·卢贝尔沙，谁又是剥削多米尼加女孩——她

1　"年轻的主人（Los Young Lords）"组织为创始于二十世纪六十年代的、在美国多个城市开展革命运动的波多黎各裔族群的左翼团体。

2　原文为英语：Elizabeth the Black。伊丽莎白（Elizabeth）为伊莎贝尔（Isabel）英语中的对应人名。

们从瓜亚尼亚海滩停靠的走私船上一个个走下来——的黑奴贩子伊莎贝尔；人们分不清谁是在政治造势活动上陪伴波多黎各音乐灵魂茹斯·费尔南德斯的、广受爱戴的贵妇伊莎贝尔·卢贝尔沙，谁又是波多黎各的老鸨灵魂黑人伊莎贝尔，圣安东区女皇、齐恰姆巴的阴户、坎特拉街区火力最猛的婊子、四街街区的应召女郎、新加坡的窑姐儿、下马楚埃罗街区的浪荡女、科托劳雷尔街区最伤感的妓女；人们分不清谁是在房顶用苏丹妃牌饼干铁盒做巢，养殖雏鸽，为镇上所有病患送上补汤的伊莎贝尔·卢贝尔沙，谁又是没人敢说她不重要却难以为之归类的黑人伊莎贝尔；人们分不清谁是蛋糕师、床毯纺织工、云母珍珠短靴鞋匠、制作细纺娃娃衫领口抽线镂空装饰的绣娘——圣心学校毕业的女学生都来请她为自己的宝宝做衣裳——伊莎贝尔·卢贝尔沙，谁又是伊莎贝尔·伦巴舞·马孔巴仪式舞·坎多贝战舞、伊莎贝尔·巴藤班杜巴黑人女王[1]，她在安的列斯岛屿的街道上，摇晃着丰满的躯体还有柚子般的乳房。谁是西班牙女皇伊莎贝尔二世、蓬塞最尊贵街道的守护者；谁又是黑人女骑士伊莎贝尔，唯一一位永远都不可能取得基督圣包皮教团荣耀的成员资格的人；谁是法国国王圣路易的妹

1　出自波多黎各诗人路易斯·帕雷斯·马托斯（Luis Palés Matos）的诗作《黑女王陛下》（*Majestad Negra*）。

妹伊莎贝尔、圣伊莎贝尔镇——这座村镇从几世纪前便开始在堂娜[1]胡安娜的蓝血乳房下沉睡——的守护人；谁是最精致的基督圣心避弹符——从肋旁流出的那三滴红宝石圣血可以抵挡撒旦——的绘画者天主教伊莎贝尔·卢贝尔沙；谁是奥卜拉塔修道院修女中的圣人，手举托盘，捧着自己一对粉嫩乳房的伊莎贝尔·卢贝尔沙；谁是从自己的披饰上被绣出的小孔中仁慈地探出拇指的手指圣母伊莎贝尔·卢贝尔沙；谁又是黑人伊莎贝尔，布林卡伊可赫洛·马鲁卡[2]的唯一女友，唯一曾吻过他畸形的双脚并用泪水清洗它们的女人，唯一在蓬塞炽热的街道上与孩子们一起伴着好时之吻星河巧克力的美妙颂歌跳起舞来的女人；谁又是南方黑珍珠伊莎贝尔、士巴女王、齐瓦女王、皇加芝华士[3]、坦歌蕾蕾[4]、莎乐美，她在焰火的包围下，在男人的一双双眼睛里扭动着腰肢，为了他们摇曳生姿。从难以追溯的许久以前，她的公共阴部和她的雄伟臀部便开始在所有墙壁、所有街道上，痛斥这种对她与她的，或对她与我的，或对我与我的混淆，因为随着时间流逝，我对她的深切爱意和深切恨意逐渐让我越来越难讲述这故事，越来越分不清彼此。

---

1 堂娜，女士。西班牙语中放在女性人名前，表示尊敬。
2 原文为Brincaycógelo Maruca。"Brinca y cógelo"为蓬塞街道上叫卖小贩的吆喝，意为"快起来拿一份吧"。
3 原文为Chivas Rigal。
4 Tangolele，原名尤兰达·蒙特斯，历史上第一位美籍墨裔电影女演员。

这么多年了，愤怒仿佛钉歪的木楔，咬在我的喉咙上，安布罗西奥，这么多年了，我每天早上都会边涂指甲边走到房间的窗边，想把风景看个明白，我会用樱桃酱来涂指甲，因为那是当时存在的最红的颜色，在想着她——黑人伊莎贝尔——时，我的指甲总是涂着樱桃红，安布罗西奥，或许从那时起我也开始想自己，在那另一个女人里，我像一个囊肿般诞生了。说来真是奇怪，从一开始，品味高雅的我——也就是你的妻子伊莎贝尔·卢贝尔沙——便喜欢上了那种粗俗的、带着怒火的、黑人会喜欢的颜色。我围绕指甲上一个个月牙白的四周涂染，小心翼翼地用指甲刷上的细毛为用杏仁打磨过的指甲边缘上色，周围的嫩皮碰到染料时总是有些灼烧感，因为每次修指，我都难免剪得过狠，一看见那被夹在剪刀两条刀刃间的毫无防御力的柔软的皮时，我心里便会生出些恼怒，禁不住想起她来。

我坐在阳台上，这栋房子如今属于两个人，属于伊莎贝尔·卢贝尔沙和黑人伊莎贝尔，它将成为同一个传说，一个关于妓女和贵妇的传说的一部分。我坐在我的新妓院的阳台上，并没有人质疑，银制圣油罐形的栏杆柱被涂成了惹眼的粉色，在我眼前排成一列，像一队喜悦的生殖器，先前附在正面墙壁上的一串串白石膏装饰为整栋楼带来了浪漫气息，却也让它如婚礼蛋糕般令人生出过多的敬意，仿佛披着一层饼干碎糖霜，僵硬得像初次登台的演员的裙摆，如今，那些石膏被染上了温热的颜色，荨麻酒绿配橙黄，丁香淡紫配大丽花黄，都是邀请男人进去放松享受的颜色，邀请他们的手臂从女孩的身体上划过，仿佛那是一艘白色远洋航船正在航行。从前，房子的白墙覆着尘土，仿佛草鹭的翅膀，如今被涂成了酒瓶的绿色，玻璃瓶屁股的绿色，这样显得通透一些，安布罗西奥，好让你我在主厅停留时，可以看见每一个房间里都在发生什么，在每间屋子里，我们都将看到相同的影像，我们二人平躺在其中，映在租下这些房间的人身上，他们到这来，是为了得到他们冷漠的高潮，所以会完全忽视我们的存在，在这些人的身体里，进行着我们爱的仪式，一遍又一遍，循环往复直至时间的尽头。

我坐在阳台上，等着他们走进这房子来找她，把坐在那儿的她带走，等着看她向那座本来为我而挖、现在却将属于她的坟墓走去，他们将把她放入其中，把伊莎贝尔·卢贝尔沙的神圣身体，那个至今无人窥见过的身体，哪怕是一小块洁白的屁股或是一丝洁白的乳房都没被人看到过的身体放入其中。那曾经保护过她血肉和廉耻的皮肤如今脱落了，她作为备受尊重的母亲，作为备受尊重的、从未踏入妓院一步、从未像我那样被当众羞辱过的妻子，贞洁也终于丢失了，要知道，除了手臂、脖子和小腿以下，她身体的其余部分从未被男人们如蠕虫一样往里钻的眼神看过。现在，她的身体赤裸着，被染成了黑色，私处上盖着紫水晶拼成的三角，其中一块水晶甚至是主教曾戴在手指上的，她的乳头被罩在浑圆、硕大如鹰嘴豆的颗颗钻石之下，双脚嵌在霜面的红鞋中，每个鞋尖都绣有一颗心，鞋跟还淌着几滴血。总之，她完完全全被打扮成了一位皇后，如果这是我的葬礼，我也会被这样装扮。

我等待着，想在她摇摇晃晃地路过花朵腐烂的山下时去为她擦擦脸，她带着石间花[1]香水的香味，今早，我才在自己全身的毛发上抹过它，她扑着芬芳之歌[2]的香粉，我也用它抹白了自己的胸脯，现在它们正无声地顺着我腹部的褶皱滑下去，我的发卷是环绕头颈的缕缕青烟，光滑的腿如苏丹新娘的私处般柔软。我身着她的银丝裙，为肩膀披上了一层层皱褶装饰，它从我的背后铺散下去，仿佛冰做的披风，在正午的日光下愤怒地闪耀，喉咙和手腕都被我还是伊莎贝尔·卢贝尔沙时所用的完全相同的钻石串成的线捆绑着，安布罗西奥，那时你还活着，整个镇子上空无一人，因为所有人都来家里参加你的节日宴会了，我站在你身旁，仿佛一株倚在墙壁上刚抽了新枝的茉莉，伸着散发香气的手让人亲吻，我奶油般的

1　Fleur de Rocaille，一款卡朗牌香水（1934）。
2　Chant D'aromes，一款娇兰牌香水（1962）。

小手那时已经开始变作她的手，黑人伊莎贝尔的手，因为自那时起，我总是感觉到有鲜血的潮水涌上指甲的堤岸，往我的身体里注满了樱桃酱的红。

一天，黑人伊莎贝尔抬起伊莎贝尔·卢贝尔沙宅门上的门环并敲了三下，那时她才想到，或许自己做事不够理智。她来和她谈两人共同继承的房产的问题，在她们年轻时与她们共同生活的男人安布罗西奥已在多年之前死去，黑人伊莎贝尔考虑到自己同名人的境遇，没有去讨要属于她的那一份房产，况且，她已经用情人留给自己的现金遗产创造了更多的财富。她听说伊莎贝尔·卢贝尔沙疯了，自从安布罗西奥去世，这位妻子便把自己锁在了家里，再也没出门，不过，这也只是传言而已。她想，已经过去了这么多年，她们应该早已不是敌人，应该早已忘记了仇怨，眼下，迫在眉睫的生活需要或许可以促成一段明智的双赢对话。那位寡妇一定需要一份收入来保障从容的晚年生活，因为这一点她应该会想卖掉自己的那一半房产。黑人伊莎贝尔自己这边呢，想把妓院搬到那栋房子里的理由有很多，其中的一些连她自己都并不太明白。不过，毫无疑问，生意那么好，自然要扩大些规模，把它搬出郊区，留在那儿名声只会变差，甚至会让人觉得可能会染上病，不干净。然而，拥有那栋房子、坐在那个有圣油罐形栏杆柱的阳台上、站在那充满果篮与花串的墙面下的欲望都源于一种随岁月流逝而愈发强烈的深深的旧日情绪，即便是在垂暮之年，她也想替换掉自己在孩童时代对那栋宅子的印象——那时，她总是破衣烂衫地赤着脚路过那里，她记得一个穿白线衫的男人，站在阳台上，旁边有一位金发女郎，穿着银丝裙，美得不可思议。

的确，她白手起家，如今已是位成功女性，在镇上取得了令人羡慕不已的成就和地位，来自上流社会但家业已衰败的许多女人现在仅留有姓氏的虚妄荣光，连一年一次的欧洲之旅都负担不起，这样的旅行，是我每年都会进行的，她们甚至连最时兴的服饰都买不起，不像我，一直都在买最时髦的衣裳。尽管如此，尽管她的社会劳动被众人认可的事实为她带来了满足感，尽管她在村镇的经济发展中有着举足轻重的地位，并拥有无数的荣耀名号，例如居民主席、奥楚萨职业妇女社区服务会主席、青年商会主席，但她还是觉得缺了些什么，她想，在死前，至少要努力去实现一下那个幻想，满足一下那个肥硕而富有的女士的任性念头，想象自己重回青春，身穿银丝裙，坐在那个阳台上，挽着那个她也曾爱过的男人。

伊莎贝尔·卢贝尔沙为她开门时，黑人伊莎贝尔感到自己的力量被削弱了许多。尽管她自己是那么美，但仍旧不得不压低目光，几乎不敢看对方。我感到亲吻她眼睑的欲望，它们嫩得像新鲜的椰子纤维，细细长长地低垂着。我想，若是能舔舔它们，感觉一下透明而滑润的它们在她眼球上的颤抖，将是多美妙的享受啊。她把脖子旁的头发编成了发辫，就像安布罗西奥从前和我描述的那样。石间花过甜的香味把我带回了现实。必须要先示好，告诉她我是来寻求她的友谊与信任的，必要的话，我也做好了接纳她为生意合伙人的准备。在察觉到她看我的目光过于专注之后，有那么一刻，我问自己，她是否像人们说得那样疯狂，是否真的认为自己是圣人，是否像安布罗西奥曾笑着告诉我的那样，着了魔地要让我也成为圣人，并为此用各式各样的方式折磨她自己的身体。但这并不重要。如果传言是真的，也只会对我有好处，况且她已经向我表达了些许善意。她又看了我一会儿，随后开了门，我走了进去。

　　一走进去，我就不由地想到了你，安布罗西奥，想到了那么多年里，你是如何把我锁在那个锌板房顶的小破木屋里的，我被判了刑似的一日日地接待那些富家子弟，还有你朋友的儿子们，从他们身上揩下油来，你把他们带到我那儿，帮个忙吧伊莎贝尔，帮那可怜的人儿打开他封存的欲望吧，妈的伊莎贝尔，你别这样，你是唯一一个知道该怎么做的，你是你这一行儿里最厉害的，只有和你才可以。我把他们的身体当作榅桲肉或是番石榴膏小口小口地轻咬，请他们用丝绸棍棒敲打我的额头、嘴还有眼睛，让他们兴奋起来，我的孩子，你当然可以了，怎么会不可以，放松就好了，就像骑着一匹母马从半山腰溜下来，从一座泥泞的山上不停歇地溜下来。我让他们得到高潮，好让他们的爸爸终于可以睡个好觉，因为他们生的儿子不是娘娘腔同性恋，不是屁股像碎陶瓷一样开了花的小基佬，而是圣赫耶罗和圣达加[1]之子，只有把他们送到我这儿来才可以验证这一点，我像一位女祭司一样跪在他们面前，主持起我的神圣仪式，头发遮住我的眼。我那时想，我做自己所做的事，并不是为了他们，而是为了我自己，为了收回那化作一道道酸甜河流渗入我喉咙里的某种很旧的东西，为了教会他们，真正的女人不是他们抵在床上一通乱戳的口袋，真正的男人不是让女人疯狂的那些，而是敢于自己疯狂的那些。没有人会知道，他们在我的妓院里任我摆布，是我手中揉捏的小面团，我会教他们与我一起疯狂，而后，他们又会如公鸡般得意地让那些白人女孩疯狂，她们就像是软塌塌的布丁，那是富家女应该有的样子，因为好女孩绝不可以搞到骨盆错位，因为好女孩有着雪花石膏柱般的身子，因为好女孩不可以骑在人身上，为自己而不为其他任何人的快感而驰骋，和那些好女孩在一起他们是学不到这些的，因为人们一向认为那些都是错的，无法让他们感受自己的男子气概，真正的男人永远要占据主

---

1 San Jierro y Santa Daga，在波多黎各西班牙语俚语中，jierro 及 daga 均有阴茎之意。

动。但总得有人做他们的启蒙老师，所以他们会去黑人伊莎贝尔那儿。她黑得像咖啡壶底的渣滓，像下水道里的淤泥，在黑人伊莎贝尔的怀里辗转就像在泥浆的鞭子间翻滚，因为在黑人伊莎贝尔的怀里，做什么都可以，没有任何禁忌，身体是世上唯一的伊甸园，唯一的欢愉源泉，因为我们懂得享乐，享乐使我们成为神，我的孩子，尽管我们必有一死，但我们拥有神的身体，因为在那几个瞬间我们就偷来了他们的永生，只有几瞬，我的孩子，但那已足够了，所以，现在我们已经不再在乎死亡了。因为藏在这里，藏在黑人伊莎贝尔的怀里，没有人会看见你，没有人会知道你也有男人的弱点，你也是脆弱的，会任一个女人摆布，因为在这里，没人会知道，没人会在乎你脆不脆弱，是不是害怕得在我的怀里失禁，因为我只是黑人伊莎贝尔，人类的渣滓，在这里，我向上帝大能的手起誓，我的孩子，以耶稣的圣名向你承诺，没有人在看，永远没有人会知道你也曾向往永生，也曾想做一位神。

当你开始变老，安布罗西奥，幸运便开始向我倾斜。只有看着我和那些你不断带来的男孩上床，你才能获得快感，并开始恐惧他们背着你来见我，付给我的钱比你付的更多，担心我有一天彻底抛弃你。所以，有一天，你带来了一位公证员，重拟了一份新的遗嘱，保证你的妻子和我各分得一半你的遗产。黑人伊莎贝尔望着有奢华装饰的客厅墙壁，觉得那栋房子可以做她完美的新"舞厅"。从此之后，再没有恶心的性交，再没有十比索一进一出的生意，再没有皇帝逍遥来去而我们女人永远贫穷的日子了。只要"舞厅"还在郊外，不管它多么好，没有人会付给我超过十比索一晚的。但是在这里，在这栋房子，在这片街区，事情就不一样了。我会租些年轻的小姐来帮我，五十比索一次，少了就没门儿。在这栋房子里，再也不会有老了的婊子、干了的玉米糊，再也不会有在蟑螂横行的行军床上的交媾，再也不会有人说，你饿了吗，饿就来吧。这个家里只会有蒸蒸日上的生意。伊莎贝尔·卢贝尔沙靠近了黑人伊莎贝尔，没有说一句话。在这之前，她已经伸出胳膊，像盲人一样，把指尖放在了对方的脸颊上，轻轻拍着她的脸。现在她双手捧着我的脸，亲了一下，便哭了起来。妈的，安布罗西奥，你一定是有铁石心肠，才会让她受到这么大的折磨。现在她拉起我的手，仔细看着我的指甲，一直涂着樱桃酱色的指甲。我吃惊地发现，她指甲的颜色和我的一样。

安布罗西奥，你刚死时，我不明白你为什么要把全部遗产的一半留给黑人伊莎贝尔，把这栋你我曾在里面幸福生活的房子的一半留给她。下葬那天，我才反应过来，原来全镇的人都听说了我的不幸，他们都在一点一点剥我的皮，享受每一个从他们嘴中掉出的词语，就像在享受剥好皮暴露在外的葡萄肉。我走上街，希望所有人都去死。就在那时，一切都变了。黑人伊莎贝尔找人拆了那个你每次找她都会去的小破屋，随后又用你留给她的钱建起了她的"舞厅"。于是我便开始思考，对我们来说，对我们全部爱情的总和来说，最终她意味着什么，但我始终不能接受她后来所变成的那个人。

圣保罗说得很清楚，安布罗西奥，克制而谨慎地通奸是一回事，在霓虹灯下拉淫媒、投币骗奸则是另一回事。他在他的《哥林多前书》中说得很清楚，一位因另一个女性而不忠的丈夫，若只与一个而不是多个妓女行淫，便可避免更大的罪。同时，女人则要履行她作为妻子与母亲的职责，让虚弱苍白的肉体受尽折磨，她的根须要没入痛苦，如同处在平静湖水旁，散出不可言说的源自贞洁呼吸的芬芳，飘升至天空，永恒地赞美我们的主。

在我们婚姻的最初几年，当我察觉到你和她之间的关系时，我觉得自己是天下最不幸的女人。我整日哭泣，仿佛往眼底注射了可拉明，眼睑如红色的小鱼，在眼球上跳个不停。你如果从她家来，一进我家门，我就能看出来。从你把手放在我后颈的方式，从你迟缓地看着我身体的眼睛——它们就像两只满足的苍蝇——我就能看出来。那时，我比任何时候都得小心我的缎面衬裙和法国蕾丝内衣。好像关于她的记忆会时刻蹿上你的背，手脚并用着驱赶你，无情地敲打你。于是我会在床上铺开身体，任你摆布。只是，在你用力上下起伏的肩膀上方，我会一直睁着眼睛，因为我不能让她离开我的视线，不能让她以为我已向她投降，哪怕只是在无意间。

那时，我决定用另一种方式战胜你，用遗传自我的母亲、我的母亲遗传自她的母亲的智慧战胜你。我开始每日把餐巾放入你餐盘旁的银环中，开始在你杯中的水里添入柠檬汁，亲自把你的衣裳铺在炽热的锌板上晾干。我会把还带着阳光余温的床单铺在你的床上，手掌下的它们洁白、柔软，仿佛一堵石灰墙，我总是把它们反着摊开，再正着折好，随后再这样铺好，好让你在上床睡觉时觉得舒服，一把玫瑰、一群彩蝶，充满爱意的柔粉色丝线，精制砂糖般细腻的粉色会提醒你我姓氏的高贵，我会细心谨慎，让绣出来的被藤叶环绕的我们姓名的首字母正好落在你前臂拥着的敏感小腹之下，想用它令人愉悦的蚕丝触感唤醒你圣洁的忠诚，对我们二人结合的忠诚。但一切都是徒劳。就像拿雏菊喂了猪。就像把珍珠扔进粪坑。

一年年过去，她就这样变成了一种不可或缺的恶，变成我们胸膛里的一颗肿瘤，两人用自己日渐松软的肉将它掩盖起来，免得心烦。当我们一起坐在餐桌旁时，我反而觉得你离我更近些。陶瓷餐盘的深处释放出了一种绵软的和平，冰水杯仿佛暑热里脆弱的冰乳房，渗出了颗颗汗珠，但它们永远都不会顺着杯壁滑下去，那种冰冷把它们黏在了玻璃上，如同我们的幸福，只属于那里，永远被拦在了那里。于是我开始固执地想她。我想在自己的想象里塑造出她的五官，让她坐在我身旁，仿佛是她用某种方式让我们的幸福结合成为可能。

在我的想象中，她的美令人着迷。她皮肤的黑纯粹得像我皮肤的白。她的全部头发编成一个麻花辫，又粗又硬，从脑袋一侧顺下来，我的发辫则又细又软，像脖子周围绕着根短短的怀表链。我会想象她的牙齿，它们大而有力，每天靠咬番荔枝的果肉来增白，它们藏在她厚厚的嘴唇后面，若不是因为闪电般划过的真实快乐，它们绝不愿意暴露出来，我也会想到自己的牙齿，它们小而透明，就像鱼鳞，在我永恒的微笑里，在唇间展露着它们的边缘。我会想象她的眼睛，像刚萌发的可可梅，柔软地生在那一圈黑人眼周都会有的明黄里，我也会想到自己的眼睛，它们像祖母绿的玻璃球一样生硬而不安，像是做了奴隶，一日日地，来来回回，来来回回地测量储藏间中陶罐里的糖和白面，一遍遍地数算餐柜里银制餐具的数量，直到能确认不少一件，还要把食物的量计算得十分准确，在避免浪费的同时，也能让自己当晚可以安心地上床睡去，我会感觉完成了自己的任务，感觉我保护好了你的财产，感觉自己至少还有些用处，比今早的那个丝瓜瓤有用，你用它洗干净了脚，又拿它快速摩擦了一会儿下体，得到了一阵近乎纯粹的高潮，干净得仿佛蝴蝶高潮的高潮，与你们两人一起在城郊的烂泥中翻滚时得到的那些极为不同，它是一阵肥沃的高潮，在我的腹中撒下了冠你名的神圣种子，就像一位先生和一位夫人之间常会有的那样。于是今晚睡觉前，我可以想，你躺在我身边时，我并不是个塞满木薯粉的、为你量身订制的破烂灰布玩偶，我可以想，我是你亲爱的小女人——事实也本该如此，又经济、又干净，最重要的是，我是贞洁的榜样，是你一直在我体内的部分的宁静神龛，是断了的针脚，但对别人来说，它已被密实地补上了百针。

安布罗西奥，我们就这样在你不知道的情况下，达到了一种近乎完美的三人和谐。一天比一天更爱她的我开始折磨自己的肉体，最初，只是一些微不足道的行动，希望她能改邪归正。我开始把最后一口蜂蜜鸡蛋杏仁蛋糕剩在盘中，生生地把腰带扣得更紧，在外出散步时收起阳伞，让太阳晒黑我的皮肤。从前，我为了在舞会上展示皮肤，一直用长袖和高领来保护它，因为那是确认门第血统的可靠证明，证明我们家族都是浑身上下白得彻底的白人，新娘般的光滑肌肤如石灰水一般，从领口袖口流露出来。就这样，为了她，我将自己暴露于人言人语，暴露于你看见了吗她真是越老越黑啊，可怜的女人，虽说这肤色是遗传的，但只要有这血统，最后还是能显出来的。

　　然而，随着时间流逝，我察觉到，那些牺牲是不够的，从某种程度上来说，她值得我为她做更多的事。我开始想象她和你在行军床上的样子，用最下流的姿势，任身体的各处被欲望点燃，前前后后的亲密爱抚，我有些享受这样想象她，她像化掉的蜜糖，任你做那些好女人绝不会同意你做的事。我开始一边想着她沉溺于堕落的样子，一边狠狠责罚自己，但我永远都会选择原谅，在喝下的每一杯把我喉咙烫出水泡的滚烫咖啡中原谅，在每次做饭剔除肉筋时给自己指腹留下的新鲜伤口中原谅，之后再用盐让切口慢慢愈合。但，安布罗西奥，在你把你的一半遗产留给她时，在你把做女主人的权利留给她，告诉她她什么时候心血来潮想做女主人就可以做女主人时，你一下子就失去了一切，毁了一切。

　　直到刚才听见叩门声之前，我都一直以为自己已经输了。我在开门时就知道是她，知道将要发生的事，但在看到她时，有那么一刻，我感觉到有种力量把我打倒了。她和我想象中的她一模一样。我想亲吻她宽宽的眼睑，微微垂在柔软且没有光泽的瞳孔上的眼睑，还想用指腹轻轻往里按一按她的眼袋。她的麻花辫散成了能带给她胜利的烟雾般的乱发，堆在肩膀上，看到她没怎么变老，我很意外。想到她曾那么爱你，我几乎想原谅她了。但就在那时，她开始在我面前扭动起身体，踩着她的红色高跟鞋前前后后地摇摆，她的手叉在腰上，胳膊肘向外突着，露出了她难闻的腋窝。那个她架起的三角形突然击中了我的额头，让我一下子想起了她让我承受的所有折磨与痛苦。越过她手臂的折角，我可以清楚地看见，她的凯迪拉克车门还开着，一个穿金纽扣海蓝制服的司机还在为她开着门。我于是让她进了家。

我一开始就知道她来的目的。她已经取代了我，出现在镇上从前我与你一起主持的各种活动上，那时，我会挽着你的胳膊，仿佛一株倚在墙壁上的刚抽了新枝的茉莉。现在，她想要这栋房子了，她会像顽固的爬藤植物，逐渐掠取越来越多你的记忆，直到最后完全把它从我这里夺走，直到吸吮掉你血液的灰烬，在你死后，我每天早上都会用它为自己的脸蛋涂上色彩。因为她的缘故，我一直都没能明白这一切的折磨，这一切让我如此痛苦的东西，然而现在，在昏暗中，透过一面浑浊的镜子，我就要第一次看明白了，我终于要让那个完美的脸庞面对我忧伤的面容了，只有这样我才可以理解这一切。现在，我靠近了她，想面对面地看看她，看看真实的她什么样，那头发已经不再是她脑袋周围的一团卷曲的叛逆云烟，而是又细又软的发辫，仿佛一条缠绕在她脖子周围的老旧链条，她的皮肤已不再是黑色的，而是白色的，如滚烫的石灰水般从她的肩膀倾泻下来，没人能怀疑她有非白人的血统，而我则踩着红色高跟鞋前前后后地扭动起身体，那从很久很久以前便开始从指甲爬上全身的、被樱桃酱上了色的我的血液，终于开始缓慢而无声地、仿佛退潮般顺着那双高跟鞋落了下去。

奔驰 220 SL

总之，哦，爱笑的人们啊
你们并没有从那些人身上得到什么伟大的
东西
只从他们的悲凄中榨取了一点油水
但我们这些因相距遥远而痛苦欲绝的人
伸开手臂，在那轨道之上，有一辆货运火
车缓缓驶过

——纪尧姆·阿波利奈尔

　　这奔驰真厉害，孩子他妈，你不觉得么，你看，它拐弯时紧贴柏油路面，轰隆隆的马力十足，方向盘能感知我猪皮手套里指尖的脉动。这手套是你昨天送我的，让我试新车戴，免得方向盘在手里打滑，现在无论我右转左转，都只需稍稍给一点劲儿，在雨里，闪着金属光泽的汽车前盖上，那三个小小的交会的矛头已经准备好了，要在众人眼前疾驰而过，让所有看见我们路过的人都羡慕得不得了，我的天啊，这辆车，我的妈啊，太他妈大了，和坦克一样，你看那挡泥板，轮子往前碾着，像头犀牛，我们家一直开大车，孩子他妈，在圣胡安的时候，我的第一辆劳斯莱斯就长得很，像希望一样长。这帮贱民又黑又穷，就像他们的思想，应该教教他们谁才是这个野蛮镇子上的老大，他们总是猴子似的挤在一起，就喜欢别人身上的汗臭，要人蹭人地，像臭虫一样待着才能感觉幸福，所以他们才那么喜欢聚在一起说闲话，真有意思啊，孩子他妈，我从来都没有想到过这一点。那个弱智肯定会从那儿蹦出来，挡咱们的路，小心啊孩子他爸，你要撞上背对车正在路边走的那个人了，他用食指按了一下方向盘中间金色的喇叭按键，它在雅致的棕灰色皮质的方向盘正中散发着光泽，这皮制方向盘套是手工缝制的，性感得很，真牛啊这方向盘，我喜欢一边摸它一边不停按金色的喇叭按键，它就像《莱茵的黄金》里的小号，孩子他妈，那个人怎么听不见啊，一直不让路，直到最后一刻，他才往外倒了出去，趴到了沟里，脑袋离挡泥板只有一寸的距离，朋友，下次你从树上掉下来，我就轧你。你吓着了吧，孩子他妈，脸白得像纸似的，我想还是叫警察吧，孩子他爸，为了你好，什么警察，什么鬼玩意儿，说得好像真的似的，你还不知道你丈夫是什么人吗，这车这么厉害，无论去哪儿，他们都得放咱们进去，我就是为了这个才买的它，孩子他妈，你他妈以为我每天像头驴似的从早八点干到晚八点是为了慢吞吞地考虑这个顾虑那个吗，在这个国家唯一有用的就是权力，孩子他妈，你永远都别忘了这个。

他把油门踩到底，向正前方冲了过去，这个时间街上没什么车，女人叹了一口气，开始慢慢背诵《玫瑰经》

的最后几部分，我要把靠背放下去，看看能不能睡会儿，这些座椅特别性感，对不对，孩子他妈，用指腹摸一摸毛茸茸的灰羊毛，一摸就软下去，但是我不会和你在这儿试的，你已经老了，肉往下垂着，粉都卡在脸上的褶子里，你穿着五十美元的鳄鱼牌皮鞋，戴着九克拉钻石点缀祖母绿宝石的戒指，这戒指就像一个溜冰场，我把它买下来送你的时候你这么说，这让我想笑，老太婆，在冰上溜一溜很好啊，又大又结实，像瑞士银行里的账户，你喜欢花我的钱，从商店到教堂，又从教堂到商店，但是我一点儿都不抱怨，老太婆，这也挺好，活得像位夫人像位贵妇，没有这个，事情就运转不起来了，没有你为我的付出，什么事都做不成，你为我做的，那些以后会好好倚在这灰绒椅子上的小婊子可做不到，我是说，过几天我就会带一个漂亮姑娘出来兜兜风，就在这儿，蹭着这让人舒服的绒布，进到她的后面。

在黑暗中，他把手从方向盘上拿起来，贴近了睡在他身旁的女人的前额，我很爱你，孩子他爸，觉察到他的抚摸时，我和他说，并开始再一次向可奇之母念诵祷文，你就像一个刚刚有了新玩具的孩子，为自己的奔驰220 SL而开心得要命，看见你这样我真的很高兴。他工作那么辛苦，应该得到奖励，但那可怜人，不该这样干着干着活儿就死掉了，一点儿补偿都没有，他每次像现在这样做事欠考虑，我都会痛苦，别这么不把它当回事儿，孩子他爸，公路很湿，车可能会打滑，我知道他不会理会我的，他从来都不理会我，我好像在自言自语一样，交叉着手臂抚摸起自己的胳膊，因为我突然觉得很冷，树飞快地分开，向两边散去，在渐渐吞下我们的隧道里，前方又黑又窄，它很快又变宽往后方散落过去，咱们应该开在九十迈，求你了，孩子他爸，愿上帝保佑我们的自由，圣母保佑我们的雨刷，它们刷得还不够快，扫不掉那些大雨点儿，自从二十年前我们结婚，一直都是这样，他会给我买所有我想要的东西，他对这个家来说是个好男人，但却什么都听不进去，我总是在他身边，总是自言自语，一个人吃饭，一个人睡觉，一个人照着镜子张开嘴用手指触碰上颚，看看会不会出什么声音，房子狗椅子嘴的形状咬东西用嘴唇内侧认识木头的质地或头发的口感试验自己可以憋气多久房子狗椅子但是那些物体并不会出声它们都待在原地默不作声仿佛是因为我的嘴张得不够大或者它们本身体积太大那些锋利的棱棱角角硌在牙龈上从喉咙深处往上推它们却没有任何结果碰触着那个我照镜子时在口中越埋越深的暗哑空洞后来我相信了我就要疯了。后来我生了我的儿子，才重新开始说话。[1]

他又靠上座椅，侧脸在黑暗中清晰分明。仪表盘的

1　无标点处原文如此，后文有此类情况不再单独加注。

光照着他紧张的粗大五官，手握方向盘的男人露出孩子般的微笑。她闭上眼，两臂在胸前交叉，双手摩挲着冰冷的肩膀。现在她又孤身一人了，他在与父亲进行了无数的愤怒争吵之后离开了家。他说那些生意让他想吐，他已经厌倦了他们拿剥夺遗产继承权来威胁他，一天早上，我在床上找到一张字条，上面说谁都别找我，每周日我会来看你们。我们当然去找他了，但是他一直在换地址，直到孩子他爸给私家侦探付钱付烦了，我的上帝啊，他彻底地生了他的气，滚蛋吧，他说，你看看我成天一心扑在工作上，最后还得几千几千地付美元去追踪一个游手好闲的白眼狼，我早就看透了。而我则只会哭，不知作何回应，因为我心里知道他说得很有道理。

现在，周六晚上，看看这条直路，孩子他妈，完全属于咱们，想想白天，它可是挤得不行，有些车像猴子似的，都快骑到别的车顶上去了，那就是那些野蛮人喜欢的味道，臭猴子的味道，轻轻地就这样轻轻地把油门踩到底这些德国佬造的汽车像坦克似的半英寸厚钢制车身无论撞上了什么你连知都不会知道就算遭到狠狠的撞击车也不会有任何损伤撞它的东西也会飞到地球另一边儿去一去不复返这辆车真他妈厉害啊孩子他妈真他妈厉害。

女孩拿起水杯，用食指抚摸着陶瓷上的蓝色玫瑰。她打开热水龙头，又从塑料瓶中挤出了三滴液体，看它们缓慢地顺着杯子内壁滑下去。那种黏稠的液体绿得很粗暴，让她一时有些恐惧，但随后她便在杯中接满了水，如释重负地观察起来，看它是怎样逐渐溶解成无害的泡沫并漫出杯沿儿流下去的。她洗了洗杯子，又控了控它，感受着指腹之下那干净杯壁的尖叫声，她把它放在桌上沥水时，它还是温热的。她用裙子把发红的双手擦干，站在窗口望向了庭院，植物在雨中左右摇摆，点着头，仿佛完全失去了方向。她闻了闻从潮湿土地飘上来的水汽，想起了当初徒手挖坑埋葬没人要的东西时的场景，一个断了齿的小梳子，还有脖子上系着丝带的塑料天鹅，丝带上面写着"祝费尔南多和玛丽亚永远幸福"，那是我母亲给我带回的某场婚礼的纪念品，用过的唇彩，还有一个顶针，我一直喜欢把没人要的东西埋在院子里，只有我知道它们在哪儿。每当雨下得像现在这么大时，我的记忆就更加清晰，可以看见自己用指甲刨地，呼吸着那在我指间碎成一块块的气味。之后，在去花园散步时，我会在那些埋在地下的秘密之上走来走去，只有我才能猜出它们是什么，我会低声反复念诵，我现在在梳子上面，现在我右脚后跟下面是那个顶针，现在在天鹅翅膀上面，现在在那半个剪刀上面，好像这种能闭目看清它们在黑暗中的轮廓和细节的能力可以使我不同于常人似的。我知道，雨停后自己又会回到院子里去，就像从两星期前开始每天都会做的那样，早早地就把嗅觉展开，准备恢复记忆，同时又和自己争吵着，争吵下一个该玩什么游戏。

她离开了洗碗池，感受着没有家具的房间的纯朴、空抽屉的敏捷，还有衣柜中铁丝衣架肘碰肘时的天真无邪。她观察着空阔墙壁的安静，它们都是在恰到好处时被突然截断的。那时，她突然发现，如果把他从那个空间隔绝出去，让他与那戒律清晰的唯一书桌隔绝开，与那个小暖气隔绝开，与那块被他当作床来用的黯淡地毯隔绝开，与晃动的小铜鱼——它们的锋利声响撞击着不断落在窗上的雨水那能捣碎万物的柔软——隔绝开，她便不再能想他，不能回忆他的目光、他的手，和他的声音。我听见了门响，便知道你回来了，于是赶忙跑去见你抱住你。我们今天还去吗，我问你，你看这雨还在下，我边说边拍你湿透了的背，你的头发一绺绺地粘在了我的手指上。是啊我的宝贝，这是我和他们协定的一部分，每周都要去看爸爸妈妈，让他们明白一切都没有变，我和从前一样爱他们。我很为他们遗憾，被那些昂贵的东西围着，一晚一晚地用眼神抚摸那些东西，为的是避免看到床单下他们定住不动的身体，真是像极了他们未来死去时的样子。

你看咱们和他们是多么不同啊现在你的手下有鲜花盛开我在你身体的隐秘洞穴中种下了银莲花在你的皮肤上种下了珊瑚每一片花瓣慢慢沉淀而后又吐出紫红色的绒毛耳朵什么都听不见现在雨落在远方了刚才那么近直

往脑子里钻现在水没过了我们没有底只有无尽的下沉那些活死人在追踪我们用他们的这么近又那么远的目光追踪我们没有丝毫同情他们知道我们在追求的东西是我们唯一拥有的东西是最重要的东西。今天上午，在令人最意想不到的地方，有两具身体被发现，收音机反复报道着，一男一女在数千年后的今天被发现在一堵巨大的冰墙中。他们追逐着我们，在那玻璃中静止永生，用手指碰触着你眼睛那清澈完美的球体，碰触着白眼球上突显出来的瞳孔轮廓。收音机里传出的声音继续着，我们发现他们在冰中行走，他把眼睛像贡品一样托在掌心，我用拇指与食指拿起一个放在光下，想通过那徒劳地沉浸在你之中的瞳孔去看一看，因为在你沉浸于自己的瞳孔时，我总是赶不上你，你总是从我身边逃开，但是这并不重要，我的宝贝，我已经知道了，已经明白了，那玻璃已经开始从上至下坍塌了，那尘灰盲了我的眼，于是我盲目地追随你，你肩膀上聚积的玻璃尘灰越来越多，我已经知道了什么都不重要，我的宝贝，只有对回忆的追寻，静止的触碰，失聪的声响，失明的瞳孔是重要的。一切都在那个白色的瞬间停滞了。

　　我对她说如果今天咱们早点去，星期日就是我们的二人世界了。你应该和我去一下，妈妈还从来没有见过你，也许她会喜欢你呢，爸爸也有可能原谅我们两个。宝贝，这样不好，他们还是不认识我比较好，我也不知道该怎么和你解释，改天再说吧，还是像平时一样，我陪你到你家然后就走。那一刻，我又看了看窗外，一切都那么暗，是雨水延长了夜晚的感觉，这个星期日仿佛永远都不会天亮，街上一个人都没有。我感知着门外的世界，感觉床单下睡梦中身体的毛细血管正蔓延膨胀，贴在紧闭窗子上的耳朵正听着阳光爬上墙面时干枯的摩擦声。

女人调正了座椅，在不断弄皱挡风玻璃的粗肥雨点间分辨着一栋栋房子熟悉的轮廓。几分钟前，她刚喘了口气，因为她感觉到这试车之旅终于快要结束了。她把念珠放进手包，身子慢慢放松下来，预想着汽车开始减速的那一刻，自己的身体迟缓而疲惫地向前倾过去，手放在把手上准备开门，预想着车子终于停在房前的场景。是她先看见那个人影的，他在他们面前晃过，拐来拐去地划过建筑物的外墙，带着愤怒的脆弱分开了溺住一切的厚重雨帘，在他们的眼前跳跃。那是几秒钟的碎片里发生的事。轮胎挡泥板无声的撞击突然连起了那个紧实的肉体，就像用手掌堵住吸尘器的管道口，呼地一下，只是现在那不是吸尘器也不是哪架蒸汽式飞机的发动机，十分奇怪地，那东西呼地一下就贴在了汽车发动机的前盖上。太可怕了，求你停下来，孩子他爸，我之前就和你说了，咱们开得太快了，我求了你上百次让你慢一点儿，但车仍在带着前盖上的那团影子向前滑个不停。婊

子养的谁他妈的让这个这么长的橡皮木偶扑到我汽车前
盖上的。咱们得下车做点儿什么，孩子他爸。看在上帝
的份儿上你就先闭嘴吧，别再失去理智了。他们坐在对
方身边，动弹不得，继续看着大雨从汽车前盖滑下，仿
佛什么都没发生，仿佛雨水会冲刷干净那铂金色的前盖
表面，带走那个荒诞地粘连在汽车前盖雍容曲线的铬制
边缘的东西。

　　于是，她再次开始低声诵经，那声音仿佛一条无止
尽的线，穿起一句句简短的祷告，每穿入一句都带有更
猛的怒火，仿佛挤在一起的针，一根压一根，这样她也
更能感受到那野蛮人的恶臭和猴子的臊臭。现在我晚上
都不能出去遛弯儿了，那东西被撞了个稀巴烂，在我的
车上，眼睛直勾勾地盯着前挡风玻璃，只有一边不断有
水淌下，另一边很平静，邀请着你用手去摸那平坦的玻
璃表面，好去证明事实上什么都没有发生，这一边的世
界照常有序运转，但也只是在这一边，他们坐在灰色绒
椅上，双臂摊在身旁，眼睛盯着不断有水淌下的前挡风
玻璃，被关在那一个奢侈的有毛毡车顶的小空间里，不
知道该说什么该做什么该怎么把手放在把手上打开车门。

　　他们看到女孩在雨中靠近了车。她的头发粘在脸上，
两股粗粗的水流顺着她的手臂往下淌着。她走近汽车前
盖，停在了亮着的车灯前，灯光洒在她身上，在清晨的
微亮光线里已经徒劳无用。他们的下巴抵住胸膛，屏住

呼吸看着她，看她把那个身体的全部重量放在自己身上，在铂金色的车盖表面一点一点拖着，把他往后顶起来，沿着光洁的车身，用缓慢到极致的速度把他放了下去，直到他平躺到地面上。

我摇下了车窗，雨溅在了我的脸上，流进了我嘴里，我吼叫着，告诉我怎么办，孩子他爸，咱们该做什么，求你了告诉我怎么办，孩子他爸靠到了开窗的这一侧，也被淋湿了，他也吼叫着，闭嘴吧，蠢货，邻居们都要听见了，那个女人看起来已经疯了，那个男的已经归她管了。他甚至不让我靠近他，只要我说一句话他就像是要咬人似的。那个人在地上，身体一直来回晃动，额头上一摊紫红色的浆液，在她的裙摆上渐渐洇成一片。咱们还是走了比较好，给他留一张纸条，写上姓名地址，如果咱们能帮上什么就让他联系咱们，就让她负责吧，既然她这么倒霉这么关心他，但是咱们怎么能走呢，孩子他爸，怎么能把他就那么扔在雨里呢，你别和我吵吵了，怎么一下子就歇斯底里起来了，咱们不可能把他弄上车，流那么多血，座椅都得给他弄脏了。

他打着了火，掉了个头，湿漉漉的橡胶碾着柏油路面发出了尖锐的声响。女人轻轻地抚摸着座椅灰色的绒毛，车在公路上越开越远，它那么新，那么漂亮，与那么惹人厌的事——比如流出的血浆——毫不相关，她缩在座椅中，像是蜷在一个窝里，浑身的肉颤抖着，因那保护而感恩，因那钢铁带来的安全、全副武装的车身而感恩，愿上帝解救我们，圣母保佑我们，没有钱一个人就活不了，离家越来越近了，她也慢慢平静下来。她用一只手摸了摸前额，一切就像一场噩梦，也许事情仅仅是发生在她疲惫的头脑里的。她一到家就焦急地脱下了束腹带、丝袜、手表和手镯，钻进了没过脖子的热水里，什么都不想地看着被压在天花板顶灯里的无尽的白色和平。

　　女人听见门铃响时雨已经下了一下午。我打开门，一下子就看见了摊开的手掌上被水浸湿后变硬的纸，墨迹沿着水渍的边缘展开。纸正在我的手上慢慢烂掉，敞开的如溃疡般的水渍边缘，墨迹延展，文字变了形，一个个字母离得越来越远，那时，她打开门，我给她看了那张纸。我看到她脸色骤变，是的小姐，请等一下，我马上回来，请稍等，她虚掩上门，走回屋里。手瞬间凉了下来，我在裙子上擦干了它们，得找到孩子他爸，我叫他，他没有回应，我在整栋房子里找他，但他不在。我先生不在家，小姐，但是请您进来吧，我能为您做什么吗，来吧，请进来。我终于进了你家的门，任自己的脚陷进了红色的羊毛地毯里，它像是有自己生命的小动物，我看见楼梯，你突然走下来猛地推开通往庭院的门，妈妈，雨停了，我要出去玩儿一会儿，我看到客厅窗户的玻璃是蓝色粉色相间的，而你则从窗口探出头来，倚在栏杆上晃来晃去。别站在那儿了，小姐，请坐。我现在也在看着庭院，你在那儿玩儿，透过粉色的玻璃看你在粉色的柠檬树、粉色的喷泉、从粉色的滴水嘴兽口里流出的粉色的水旁边玩儿，天空粉得可怕，挂在你沉浸其中的游戏上方。我走近窗口，想更清楚地看看你，不用了，夫人，谢谢，我还是站着比较好，我不会待很长时间的。现在我又透过蓝色的玻璃看你，这种变化为我带来的痛苦很不公平，看你在庭院中央完全被染成了蓝色，玩着另一个我陪你一起进行的游戏，橙树摇晃着树枝尽头结的蓝色球体，蓝色的水柱强有力地冲击着我们的手掌，蓝色的玫瑰止不住地在庭院墙壁上向上攀爬，凝结在白色的石灰墙面，凝结在你从前用来喝咖啡的白色陶瓷杯的杯面，凝结在你倒在我裙摆上的白色脸庞，你眼睛的井洞中流出了深色的液体，我看到一切都被染成了那液体的颜色，它从我身体里涌出来，无法抑止，您怎么了，小姐，您怎么哭了。我看着你倒在公路上，雨不停落在你的眼里，你的头枕在我的裙摆，我盼着你的眼神能恢复，当时，就好像你的尿正从眼睛里流出来，温热地浸湿了倾在你脸旁的我的裙摆，我追寻着那个仍有生命的圆，那仍旧锋利的角膜晶体，我进入你仍清澈的眼睛，像一个小鱼钩，任自己落入水底，努力捕捉你，但却感觉你越沉越深，因为水底已经消失，我追寻着你，这么近，又那么远，并且越来越远，我感觉到，这一次，玻璃晶体不会坍塌，它只会渐渐固化，就像往一杯水里突然滴入一滴牛奶，我感觉玻璃晶体越来越热，在我的呼吸面前越来越浑浊，我猛地扑向了你的眼睛，你已经看不见我的眼睛，因为你已经留在了玻璃的那一边，永远地把我抛在了这一边。

您是那个可怕的晚上和被撞的人在一起的那位小姐吧，我问她时，颤抖的手从沙发靠背前的鹅毛枕垫上滑了下来。所以那事情是真的，它不是一个噩梦。快告诉我那个可怜的人怎么样了，这些天我一直都很担心，我原本还以为发生的事都是我的幻觉。没有下车帮助二位，没能在那个可怕的时刻和二位分担一下，我十分愧疚。我丈夫留下这张字条，也是为了让您可以尽快和我们联系，别让您二位认为我们是撞了人就跑的粗人。当然了，我们也认为情况没那么严重，我先生当时太紧张了，也很可怜，我怀疑在那种情况下他是否有能力帮助二位，之后我差点得带他去医院，真是吓坏了。他是个那么好的人，您想想，我那么爱他，当时真怕他就地心脏病发作。小姐，请您告诉我，有没有什么医疗费用，住院费什么的，您可以相信，我们这边一定不会拒绝支付，我只是觉得有些奇怪，您怎么隔了这么久才来找我们，怎么没在第二天就来，我们一定伸出援手支持您，尽一切力量为他找最好的专家、最新的药品、私人诊所，我们全听您的调遣，请相信我，我们希望能帮助二位。

　　不用，夫人，我来不是为说这个的。这说明他没有撞得很严重，那我真是松了一口气啊小姐，上帝保佑。那个小伙子已经死了，夫人，我来是为了告诉您这个的。两星期前下葬的，我负责处理了一切事宜。一口不起眼的棺材，一个简单的坟。送葬的只有我一个，他没别的亲人。就是这样。我觉得我有责任告诉您。小伙子死了，我把他埋了。再见，夫人。您怎么能这样就走了，还没有告诉我到底发生了什么，还没等到我先生回来告诉他发生的事，我肯定他也会想给您些什么赔偿，好帮助您，至少能帮您减轻一下善后事宜的负担，您怎么能这样就走了呢，您还没有告诉我您的名字呢小姐。还没告诉我那可怜的小伙子的名字呢。

　　站在厨房床边，女孩打开了热水龙头。她挤了挤塑料瓶，滴下的三滴绿色液体落在了杯子的陶瓷曲面上。蓝色的玫瑰有一半被淹没在余下的凉下来的加奶咖啡里，她仔细地看着它们在涌上杯口的晶莹泡沫下逐渐消失。她很平静。她知道另一个女人并不平静，她知道她一定等了一天，四点钟她就会想，儿子要来了，从大门探出头去，沮丧地看着太阳如何折磨水泥墙面，让它们爆出越来越坚韧和粗暴的皮。她再一次把手泡进没过手腕的热水里，小心地洗起咖啡杯和托盘。看着空荡荡的街、破旧的人行道、水沟里变少的水和柏油路中间污浊的井盖孔，她想起了另一个女人。她听见她低声说，今天他不会来了，想着也没什么好担心的，那只是个与以往一样的星期日，接着，继续听直往耳朵里钻的昆虫的嗡嗡声。他今天不会来了，她又高声说了一句，像是要把昆虫吓走。女孩想，她现在彻彻底底是一个人了，想到这里，又透过窗户看了一会儿在风中弯腰摇晃的植物。另一个女人关上门，坐在了床边。下个星期他会来的，没有什么好苦恼的，她说着，想到该买一套新床罩了。家里的花销真大。刚把新窗帘挂好，扶手椅的衬布又脏了，还得换床罩。有些时候，我真想离开孩子他爸，但是我每次都决定留下来，这是正确的决定，让我感觉很幸福，我想离开他时的原因都很傻，比如他夜里在公路上飙车这些，我曾经觉得他虐待我，不爱我，但是他就是这样的人。每次在报纸上读到他的名字，我就会很幸福，这么多经济成就，你先生是个真正的大男人，我所有的女性朋友都嫉妒我，如果上帝愿意的话，今年我们就要去欧洲旅行了。马德里的商店里，一切都便宜得要命，一件水牛皮的大衣只要四十美元，好几个大烛台一共才六十，太便宜了，每次想起他拥有我，我也拥有他，我们会一起变老，我就会很幸福。随心所欲去生活的年轻人总会学到生活的艰辛不易，生活不是薄饼上的蜜糖，不是，以为生活是玫瑰花床的人真是太可悲了。

女孩又在厨房窗前停留了好一会儿。她在不经意间轮换着腿来支撑全身的重量，她把全部脚掌都踩在地上，好像在带着无尽的温柔轻踏某个被爱的人的脸庞。她看见乌云从窗户玻璃的一角逃开了，意识到雨很快会停。她打开门，走到院子里。坐在地上，把手埋进湿润的土壤里。那一刻，她做好准备，再一次恢复记忆，和自己争论接下来该玩儿哪一个游戏。

今天晚上天气真棒，太适合出去遛一圈儿了，真的，孩子他妈，多美的夜晚，就该坐上奔驰出去遛遛，今天我让他们给车的灰色侧面上了蜡，装了最贵的辐板，还有四块铬制轮箍，坚硬得很，嵌在白色的外圈里，现在看起来更酷了，整个车都在散发光芒，公路在外面等着咱们呢，孩子他妈，在这个国家，除了晚上，就没法开车出去遛，只有在晚上，才能从车窗探出头去呼吸，咱们可以说说欧洲之旅，你都想去哪儿？

我得先和你讲一下，孩子他爸，今天上午发生了一件非常奇怪的怪事，一个女孩来了家里，拿着你那天晚上草草写下的字条，就是那个男人扑到咱们车轮下面的那个晚上，是同一张字条，我一下子就认出了你的字，你都不知道当时我有多不知所措，虽然我现在还是怀疑这是他们做的局，那个小伙子应该还活着，在哪个地方猫着呢。那个女孩一滴眼泪都没流，倒是站在客厅中间握着拳头说了几个词儿，直勾勾看着我的脸，一点儿礼貌都没有，好像就是要吓唬我似的，或者就是疯了，要不，就是想找麻烦，我当时就是这么想的。你想象一下，她就这么站在客厅里，我吓得要死，求各位圣人让你赶快回来，好和她对峙，让她知道，别想蒙我们，勒索我们，没用的，因为这里一半的律师、银行家我们都认得，但是不管怎么样，我还是尽量礼貌地问起了那个可恶的男人的情况，告诉她我们当时真的很担心，还提出要支付他们所需的所有医疗费用，当时我真的掏心掏肺，我和你发誓，真的是掏心掏肺地拿出了慈母般的关心，但是那女的生生打断了我的话，死命盯着我，好像想让我去死似的，她说，小伙子已经死了，我把他埋了，就这样，没说别的，好像在客厅中间扔了五块石板似的，小伙子已经死了，我把他埋了，好像那是多正常自然的事一样，我来就是想让您知道这个，她盯着我这么说，被人塞了东西似的，我张大了嘴，又好像有人要用开瓶器把我的心脏戳出来，感觉什么东西从左边这里旋转着钻进来，一会儿又给抽出去拔出去，我只好坐在了沙发上，因为我真的以为自己要晕倒了，我们两个就这样对视着，一个词都没有说，不知道过了多长时间，我的胸口一直疼得很厉害。

后来我终于能动弹了。在沙发上坐直了，对自己说，傻瓜，别人讲点陌生人的事就把你吓成这样了，要是一个人把全人类的苦难都扛在身上还不把自己压垮了，总施舍他人的人最后都要被施舍，每个人扛起自己的十字架就好了。就在那时，我反应过来，那女的到底在和我们说什么。她说我们轧了那个男的，把他轧死了。我一下就火了，跳起来，她怎么敢这么说，太蛮不讲理了，我的宝贝你是知道我的，一有人攻击你，我就会变得像头猛兽一样，我们没有错，我当时已经看出来了，她要控告你一级谋杀，要上百万美元的赔偿，我的上帝啊，这世界充满了无耻之徒。那个男人是自己扑倒在你的车轮下的，我当时在场，您要知道，我已经做好准备，可以在任何一个法庭做证，我甚至可以向耶稣本人坦白。就在我把这一切都想清楚时，那个女的转身用几句话堵住了我的嘴，我张着嘴从沙发上看着她，不明白那个绞痛我胸口的东西到底是从哪儿来的，那个女的沉默地走到门口，开门，走了。

你别为这个烦心了，孩子他妈，你要是早点告诉我，我就能调查清楚，把那些流氓土匪都给揪出来，这个国家的人真的都是没娘的货，如果他们再来家里找你，我不在你就别开门，你就坚决地告诉他们你不会接待他们，让他们到我办公室来找我，我知道怎么对付他们。现在你得看看这奔驰孩子他妈你看看它跑直线的时候多漂亮像丝绸一样前盖像丝绸一样飞转的轮子有犀牛的力量车身钢板有半寸厚前面撞上什么你根本就不知道也不会留下任何痕迹直接就能撞到地球另一边儿去一去不复返了。这车注定是个狠角色啊，孩子他妈，注定是个狠角色。

阿玛莉娅

于是把他赶出去了，又在
伊甸园的东边安设基路伯
和四面转动发火焰的剑，
要把守生命树的道路。

——《创世纪》，3: 24

　　现在，我已经在这里了，离开房子，走进了这个禁忌庭院之中，明白事情将会发展到他所说的无法遏止的地步，我被四周飘展的床单扑打，淋漓的汗里出现了白马和吐盐的海鸥。现在，我开始摇晃怀里的这团令人生厌的东西，它曾是你，阿玛莉娅，也曾是我，我们在一起时便会合为一体，那时，我们一直在等待，等待他们把我们锁在这个庭院，我们知道他们会这么做的。现在所有人都走了，房子被烧得像一堆白骨，我松了一口气，因为我在出汗，我终于可以出汗了。

　　一个女仆看到我已经翻了白眼，躺在庭院的地上，像个破布娃娃。于是她开始尖叫，我离她很远，却感觉她就在我身边，喊得很绝望，后来我感觉她们齐心协力小心地把我抬起来，送我回了房间，把我放在床上就走了，都哭着去找我妈妈了。现在，我的右臂沉得像树干，感受着扎进皮肉的针尖，虽然闭着眼，但我知道那是针，因为在那之前我已经见识过它了。我知道我应该有耐心，不能乱动，如果我动，我的肉就会从内部撕裂，会非常疼。我听见门外的女仆在唉声叹气，更近的地方妈妈在说话，医生，这孩子跑到庭院里只待了不到十分钟就这样了，她逃过了女仆的眼睛，她们的任务就是这个，看着她，不要让她去太阳底下，三百个女仆啊，但她就像毛虱一样，总是能聪明地避开她们，只要她们稍不注意，她就能像黑夜里的白蛾一样溜过去，躲在海芋叶片下面偷看，藏在晒床单的庭院，看没有人出来，她就会和其他任何人一样，睡在炽热的地面上，真是不知道害臊，把白色制服、白色长筒袜和白鞋都弄脏了，仰着那张天真的笑脸，张着手臂，她想知道会发生什么，她说，她想知道自己究竟是什么样的。我现在都快睡不着觉了，大夫，这已经是第四次了，等我们下一次找到她时，估计她已经死了，最糟糕的是，不知道她究竟有什么病，除了知道没有办法以外什么都不知道，她白色透明的皮肤就像晒了一小会儿太阳就打蔫儿发皱的洋葱外皮，水从她身体各个地方流出来，让她整个人像一个正被挤压的膀胱，而不像个女孩。夜里，我梦见她躺在庭院的地面上，被晒干了，皱巴巴的，头很大，身子很小，胶状的紫色皮肤无可救药地贴在了坚硬果核般的骨头上。

　　就在那时我听到，夫人，请告诉我，您的家庭和您先生的家庭之间有关系吗，据我所知没有，医生，如果您指的是血缘关系，我们连远亲都不是，您为什么这么问呀，您想到了什么吗，没有，因为这种基因退化背后的原因通常是乱伦，相同的基因相互叠加，壁垒被削弱，孩子显现出与众不同的生理特点，比如天生一条腿或者没有嘴，嗯，当然，这种孩子通常都会夭折，但是您的孩子没有，这也是其不幸之处，乱伦？您在说什么呀医生。我和我先生之间没有任何血缘关系，您简直是疯了医生，乱……伦。乱——伦，乱了伦常，乱了伦[1]，夫人，这是穷人的恶习，波多黎各百分之十的家庭中都有乱伦现象，天性急起来，男人和妻子还有女儿们睡在同一个房间里的情况也是有的，您知道，暗处里发生了什么谁都不知道，"温斯顿味道美妙如烟"[2]，不过，这也是有钱人的恶习，世上所有人的恶习，因为性关系一直都是：把我们塞入我们里，把镜子塞入镜子里，圆圆的镜子在我们母亲的子宫里，从那儿会探出我们兄弟血淋淋的头，我的肉中肉，血中血，我会把它们都塞进你的身体里，哦，上帝按照自己的形象造了男人，但他却在那么大的天堂里感觉孤单，于是，上帝又造了女人，领她去见他，她会被称为女人，因为她是从男人身上取下来的，男人因此感到安慰，因为每每与她交合，他都觉得像是在与

---

1 原文为 "IN-CESTO, in the basket, encestó"。其中 "in the basket" 为英语，意为 "在篮子里"。西班牙语中，Incesto 意为乱伦。Cesto 有篮子、筐子之意。Encestó 意为投球入篮。此处表达连在一起，为基于语义及语音的文字游戏。
2 原文为 "Winstontastesgood like a cigarret should."来自温斯顿香烟广告词 "Winston tastes good like a cigarret should"。该广告词不合文法，却被视为经典。

上帝交合。这也发生在最上层的圈子里，或篮子里，不好意思。

于是，我听见了母亲狠狠的摔门声，她从房间走了出去，女佣仍旧在门后哀叹，我听见医生在认真细致地教导她们如何让我彻底休息，如何阻止我再跑出去晒太阳。后来他关上门，悄无声息地走了。

中午，舅舅在母亲的陪伴下来看我。他穿着熨过浆过的军队制服，像个天使长，雄鹰在帽檐上光芒四射。他手臂下夹着一个很大的粉盒子，另一只手臂环着妈妈裸露的肩膀。现在，我看见他们站在床边，不断地变形，因为一直有汗珠从我的眼皮滑下，精致的五官，精致的手，精致的嘴唇，拉长，变短，凹陷，一个穿女人衣裳，一个穿男人衣裳，一模一样，轮流做着相同的表情，快速相互变换着的面具，如白色小球的笑声起伏弹跳，精准得要命，在愤怒的哑剧中势均力敌，全然与世界相忘。两人会和我说话，但我知道他们只是在利用我，我不过是一堵把球弹回去的墙，他们一起站在床边，看着我，利用我跟对方嬉戏。今天，我给你带了个惊喜，我舅舅对我说对她说，他打开盒子，从丝绸纸的皱褶间小心翼翼地拿出了一个美极了的新娘玩偶，那是个精致的娃娃，他对我说对她说，不像现在的人做的那些，他用你背上的小蝴蝶给你上了弦，于是，你便开始随着自己胸中转动的音筒音梳所演奏的乐曲，扇起珍珠母的小扇子。那时，我舅舅令人生厌地笑了起来，一大波白球撞在我身上弹了回去。他们走以后，我让你睡在了我身边，也终于明白了我舅舅想说的东西。你真的是一个特别好的娃娃，但有一个特别之处。你是蜡做的。

可怜的阿玛莉娅，现在你的脸化了。已经能看见你五官的金属底了，你的脸就像一只巨型苍蝇的眼睛。我想用我的身体保护你，但是已经没用了，阳光从四处射来，从墙上反射过来向你出拳，从白色的床单还有炽热的地面向你出击。现在你的眼皮已经化了，你用定住的眼球看我，像那些不需要眼睑的地下湖里的鱼，它们不需要眼皮，因为那里没有阳光，人们永远都不知道它们是睡着还是醒着。现在你的嘴化了，一边吐血一边化掉了，我气得厉害，认为那都是她们的错，是其他娃娃的错，因为她们随心所欲地操纵着那个大玩偶，因为她们本该待在一个展台上，待在一排栏杆后面，那就是她们的命运，在自己的位置上，规整自己的小桌子、小花瓶、小盘子和小桌布，玩着游戏，接待着将军、大使和部长，但她们不想，她们没心情，她们不想顺从忍耐。汗水流进我的眼，烧得慌，但妈妈还站在窗边，对我微笑着，只是无论我多努力，都没法看清舅舅，他总是碎的，一块一块的，就像我刚刚从餐厅窗子探出头去看到的他那样。

妈妈死的那天，我把阿玛莉娅的婚纱脱下来，换上了丧服。因为父亲很多年前就去世了，所以舅舅来到家里住了下来，陪他的还有他的司机加夫列尔。住了一段时间后，舅舅辞退了妈妈原先的女仆，雇来了三个很漂亮的姑娘：玛丽亚、阿黛拉和莱昂诺尔。他一直待她们很好，从不把她们当作仆人，总叫她们去美容院，送她们香水和珠宝，还给每人分了一个漂亮的房间。

虽然女孩们很感激舅舅给她们的礼遇，并且和他十分亲近，但很显然，自从她们来到这里，就都迷上了加夫列尔。加夫列尔有时会坐在厨房的椅子上唱歌，他的墨色制服和他的肤色融为一体，双眼闪烁光芒，歌声雄壮，像是有一个合唱团在同时发声。他总是在唱歌，用松脂般的声音轻舔着柱脚和厨房墙上的白色瓷砖，将歌声放在灶台上融化，一会儿过后，又在一片灰烬中将它挑逗起来，再卷成卷儿放回嘴里。他总是戴着帽子，她们则不时为他端上咖啡。他后来又开始敲击剁排骨的案板，一二三，仿佛那是一面鼓，人们会在上面剁粉色的猪手和蓝色的牛脑，多棒的步子啊，越跳越起劲儿，她们于是放下手中的活计，跟上了他的节奏，因为除了跟着他，她们别无选择，他们在厨房的桌子旁跳舞，用餐叉打起拍子，嘀哩哩嘀哩，掏出鱼鳃，并把它们挂在耳朵上，在脖子周围围一圈，嘀哩哩嘀哩，像用小刀切碎骨头吸食骨髓，一二三，然后跳起舞，为你跳起舞，笨蛋，吹起笛子，奏起《康加 E》。事实上，我也喜欢藏在厨房门后踩着自己的白鞋，跟着他们打拍子，直到有一天，他逮住了我，把我举到空中转了一圈，他抓着我的手腕，把我排在了队伍的最后一个。从那天起，只要加夫列尔不用帮舅舅开车，他便会和我们一起玩一整天。

我舅舅先前一直不想结婚，他把自己的身心都奉献给了军队。我一直对他抱有一种难以解释的厌恶，总想躲避他的陪伴。而他则总是尽力对我友善。他向女仆们下达了命令，既然医生不让我去庭院中，那么在屋子里，她们得给我完全的自由。也是在那段时间，他陆续送了我其他的一些吃得胖胖、脸颊鼓鼓的娃娃，我给她们一个接一个地起了名字：玛丽亚、阿黛拉、莱昂诺尔。

他过来住后不久，便被提升为将军，从那时起，大使、部长、上校、将军的车队便络绎不绝。我坐在餐厅的地上，一边和娃娃玩儿一边看他们来来往往，就像在看上座者与宰制者的游行，他们昂首穿过走廊，上下楼梯，踏着通往舅舅办公室的红地毯，轻轻将手放在那个开始结束时都会闪烁的绿色水晶球上。我听不懂他们谈论的事，但却喜欢听他们在有灵感时抬高的嗓音，就像五旬节派教堂里夜间响起的赞美诗，耶稣睡着了，我们必得胜利，耶稣睡着了，我们要负责世界秩序，耶稣睡着了，要遵循圣神的旨意，耶稣睡着了，若他不能很快醒，我们便要守卫和平。哪怕是与你们之间的和平。这和平是我们用大量生产氯仿花菜大脑换来的，这和平是我们每日重复拥有的，电视伴着我们睡觉，电视伴着我们醒来，请您通过电视吃吧，通过电视做爱吧，通过电视张开双腿吧，为了预防痛苦，**禁止吸烟禁止诧异禁止提问禁止思考**，愿主与你们及你们的精神同在，愿电视的和平与你们同在。耶稣睡着了，耶稣睡着了，若他不能很快醒，玛丽亚会杀掉他，会杀掉他，会杀掉他。

于是我听见他们说，从现在起，我们将会使用神圣上帝用其无尽智慧放在我们可及范围内的一切武器。**可及范围**，迫击炮、大炮、潜水艇、巡洋舰，还有塞在扮扮牌除臭剂盒中的第七印，白鹳叼着它飞翔，维纳斯在地上看它，生怕它落下来，就在那时，我听见他们说，我们正在运送 M-48 坦克，卸下坦克，每十五分钟，卸下坦克，使用现役最大的九座三重炮塔、八英寸的长枪，摧毁导弹，直升机已着陆，每十五分钟，新型战斗轰炸机，F4 幻影，A6 入侵者，A7 海盗船，每十五分钟，打开它们的嘴来喷吐死亡吧，[1] 嘀嘀嘀嘀嘀嘀，电报打字机依然在嘀嘀嘀嘀嘀嘀嘀，我把它的舌头拽出来，绕在餐桌座椅的椅子腿上，绕在抽屉的把手上，在连珠炮火的猛攻下，百姓纷纷逃走，嘀嘀嘀嘀嘀嘀，餐厅里挤满了白色的蛇，都挤到了屋顶。

当电报打字机的舌根卡在嘴里时，它便沉默了。那

1　从本段"我们正在运送 M-48 坦克"起到此句，原文为英语。

时所有部长、大使和将军都小心翼翼地站了起来，生怕浆过的制服裂开，他们把右手放在心脏，低下头，带着深深的虔敬重复到，七年前我们就该做到的，七年前我们就该做的。我听着他们说，却不明白他们说的是什么，但是听着听着，我拿出了我的娃娃，把她们排成队，请列队，秩序，秩序，注——意，但那些娃娃一士兵一死去的孩子并不理会我，她们仍然坚持聚在路旁，顶着她们敞开的大脑，仿佛在向街上的行人贩卖无人购买的花束。阿玛莉娅一身黑色，走在一片荒凉之中，她把头放在手上，一直抱怨，一直抗议，因为她已不再是从前的那个身穿白衣站在床脚、平静观察我们死去的漂亮女人，因为她现在不过是一个干瘦的死人、粉碎的死人、汽油死人、凝固汽油弹死人、收银机小票上39分钱一罐的汤罐头死人。于是我站在白色蛇纹石中间平静下来，开始出汗。

　　自从代表团开始到家里做客，我们的厨房游戏就中止了。每次开会结束，舅舅就会带他的客人们到客厅去，玛丽亚、阿黛拉和莱昂诺尔会为他们端上番石榴膏、奶酪和柠檬水。之后，他会让她们坐下来和他们谈谈话，他们是外国人，最好能让他们明白，这里也是有漂亮姑娘的，她们会固定发型，会贴假睫毛，用封面女孩牌化妆品，用诺泽玛牌剃毛泡沫，脱下来，脱下来，性感爆炸！官员私密服装秀，性感爆炸！蓬塞雄狮大道

9号，拉贡内哈，那有上好的烤肉，就在马丁费耶罗餐厅旁边，他们说太好了，真客气，这些女孩是美国革命的女儿吗？全都是的。但是，当然啦，她们更具异域风情，是热带派对的、凤梨可乐达和椰子朗姆酒的肉体和火焰，女孩们，咱们一起来组装这套玩具吧，我爸爸本来想让我当工程师的，每年圣诞节他都送我一盒黄色的玩具套装。[1]

玛丽亚、阿黛拉和莱昂诺尔清爽地哈哈笑起来，一起唱道：哦，波多黎各的土地，我出生的地方，我爬上沙发和躺椅，像硬毛鼠一样，环球小姐的故乡，玛丽索尔岛屿……她们用镶亮片的蓝色高跟鞋喝香槟，在一排排没人有空看的书籍间裸体走台步，诗——歌，屎——歌，水管堵了，粉碎机卡住了，腐烂的食物发出恶臭。哥伦布到了他的海滩，肚里的笑憋作一团，不住地赞叹：嚯！嚯！嚯……姑娘们用沾满蛋黄酱的手和沾满番荔枝的指甲去摸军官和大使，用张开的五指去扇自己的脸，狠狠地留下血痕，以此确定自己还没有死。

最初我只是在远处听着她们，觉得她们很可怜，直到有一天，她们也把我带到了客厅，让我在灯下停住，我的白色裙摆很大，像只纸蝴蝶。她们一起把我抬起来放在了舅舅的膝盖上，往我手里塞满薄荷糖，温柔地冲

---

1 本段从"封面女孩化妆品"开始到本句，原文均为英语。

我笑，说那些都是特别为我准备的。于是，从那时起，只要一听到有人轻轻敲后门，我便会跑过去开，面对那些在廊柱后面昏暗处看着我惊诧不已的男人，我会兴致勃勃地点起头，不让他们被我的卷发和白色蝴蝶结欺骗，我会温柔地拉住他们的手，领他们进屋，安静地穿过阴暗的走廊，轻轻来到那个我所知道的，玛丽亚、阿黛拉和莱昂诺尔欢度时光的地方。

在一些下午，加夫列尔和我会被关在家里，被抛弃在我们自己的孤独中，那时，我们会把全部时间用来玩娃娃。我们把餐厅的长矮柜变成了娃娃的家，因为我们都很喜欢那一大排之前放空盘子的立柱。我们把娃娃从他们的盒子里拿出来，给每一个都指定一个公寓。我们也制定了一条法令，每一个房间的居住者可以在她自己的公寓里为所欲为，但是却不能去拜访他人，否则将被执行死刑。我们就这样安逸地度过了很多个下午，直到有一天，加夫列尔又想唱歌了。

那天，加夫列尔竟把阿玛莉娅抱在了怀里，我也不想和他争辩，从他手里把她夺下来，阿玛莉娅是我的，你别碰她，但却做不到，放开她，他比我强壮得多，放开她，我跟你说呢，他却开始摇晃她，轻轻地摇，该死地对着她唱歌，你干什么呢，这么摇晃她，摇着摇着，啊呀呀，阿玛莉娅开始疯狂地破坏起法令，啊呀呀，上上下下，在所有的廊柱间穿行，最初，只是嬉戏，在柱子间掀开又放下你的黑裙子，啊呀呀，阿玛莉娅第一次笑了起来，她露着咯吱咯吱响的蔷薇木牙齿，用她柔软的脚后跟在肮脏的水池凹槽砸着大蒜，砰砰砰，砰砰砰，啊呀，我的妈呀，大蒜的气味可真冲啊，一会儿，阿玛莉娅又像个疯子似的带着怒火尖叫着逃开，你跑着，一次又一次地滑倒又站起来，再接着跑，丝毫不在意你得为之付出的代价。在后来的下午中，加夫列尔和我继续玩着娃娃，但从那天起，我们的游戏就已经不同了。阿玛莉娅开始在门廊间完全自由地上上下下。

如果不是因为阿玛莉娅你的错，一切都会照旧，我们也会以自己的方式继续幸福着：我开始有了你不幸福的念头。我的舅舅坚持要在我满十二周岁时为我举办圣餐仪式。在那之前的几天，他问我想要什么礼物，我脑子里只想着你，阿玛莉娅，只想着你服丧的这些年，只想着你对再次穿上婚纱的渴望。不管怎么说，当初他们就是为了这个才把你造出来的，也正因如此，你的脑袋顶上有一块比较软的地方，让你可以无须恐惧地插一根钢簪在那儿，好固定头纱和橙花花环。只是其他娃娃都嫉妒你，看你化身为奴隶走狗，在门廊来去讨债，她们心里都美得很，玛丽亚，今天你做了多少，我舅舅需要钱，阿黛拉，你记着，你还欠我一个白色蝴蝶结和一双丝袜，莱昂诺尔，你再装病，就会被赶出这里，你的头发像稻草似的，脸上都是裂口，就这样，她们每天一个接一个地去门廊找她两三次，往黑裙的暗兜里鼓鼓地塞满了钱。

我想给阿玛莉娅找一个男朋友，我说，他微笑地看着我，好像正在等着那个答案似的。今天早上，他在去教堂前给了我一个礼品盒。我当时已经戴好了手套，拿着头纱，却等不到他回来再拆。我很快打开了盒子，当掀开盒盖时，我的心脏停止了跳动。里面有一个金发男孩娃娃，穿着完美的军队制服，军阶标志和雄鹰都散发着光芒。我拿起我的头纱、祈祷书和画着圣餐的小包，在遮住脸庞的头纱下，掩饰住了自己的恐惧。我们走上街，舅舅立刻打开他的黑伞，把我完全罩住了。教堂很近，我们排起了队，最前面是我舅舅和我，接下来是加夫列尔，再后面是玛丽亚、阿黛拉和莱昂诺尔。家里桌上的盒子敞开着，任长矮柜的居民摆布。

当我们回到家时，在庭院散了一会儿步，舅舅坚持让我和他坐在一张长凳上，坐在他身边，他盯着我看了一阵子，没说一个词。他还在我头顶打着那把伞，并且让其他人都进了屋，让他们在里面准备好庆祝的下午茶。他开始和我说话时我的耳朵嗡嗡直响，接着我意识到，他正和我说的东西都是我早在记忆中背下来的话，他说从一开始他就在盼着。他用一只手臂环住我的肩膀，接着说起来，他说的词我一个都听不见，可我却清清楚楚地明白他所说的一切，那时，我知道了妈妈从前的感受。

他说着，也注意到了我一直低垂的头，也注意到我并不想看他，这一点点激起了他的怒火，因为妈妈总会直接看着他，我当时知道，哪怕不是为了对抗他，我也不愿意看他，因为他不过是藏在那只荒谬的鹰身后的一个懦夫，根本配不上我的对抗，因为没人会对抗一个傀儡，一个傀儡不配有人来对抗，只配被扔在角落里等蛾子吞掉他，或是等哪只老鼠把他的头拧下来。就在那时，他把撑开的伞放在了地上，让阳光肆意地从各个方向摧残我，接下来又把他的手放在了我小小的左胸上。我一时动弹不得，终于抬头看了他，向他投去了我能怀有的全部恨意。我于是开始大嚷大叫，我完全不在乎你那个美食香槟天堂，它就是为那些跑到这儿来的大使、军官建的，那些大使，波多黎各就是我们的家，波多黎各鸡汤、鸡丝、鸡蛋，波多黎各鸡，是我们的，哦，是的，[1]我完全不在乎你的迪奥精华之韵沐浴香氛、伯爵表计时的天堂，在那儿，爱情就是一个里奇蒙夫人牌冰激凌大球，树叶正纷纷从树上坠下，氰化物和硝酸甘油从天而降，落在各处，惊惧的鸟兽四处逃散，因为它们知道，这天堂就要永远地失落了。这时，他看见白布上他用力按住的部分渗出了大片汗渍，便把手从我的胸上挪开了。

1　本段自"波多黎各就是我们的家"起，原文为英语。

接下来发生的事却是我始料未及的，阿玛莉塔[1]，应该是长矮柜的居民做的，或者是你搞的，现在我突然觉得肯定是你，因为自从加夫列尔开始对你唱歌，你就胆大妄为起来，从那时起，你就自由了，知道了自己想要什么，只要是你想做的，就没人能够阻止。其他那些居民都矮矮的，她们大同小异，只会从廊柱间探出头来窥视，无论怎样，她们都不过是流水线上生产的塑料娃娃，可以尿水的娃娃，她们靠电池才能发出小噪音，还有尼龙线做的银发。你用尽了一切努力，动员她们反抗，每天面对面向她们讲两三遍她们解放之后将会有的喜悦，她们现在糟糕的生存状况，25 美元就让人玩弄一次，周围都是粉色陶瓷浴缸、各种颜色郁金香形状的洗脸池，柜子里放满假发、衣裳和她们半夜起来偷偷抚摸的陶瓷餐具。你没有发觉，那一切都是徒劳无用的，你自己也不过只是一个蜡做的娃娃，一个虚弱的过时之物，在今天的世界，你身上的精湛工艺没有任何实际用处，你没有发觉，多年之后，你八音盒中的音梳已经生了锈，你没有发觉，在她们的鼓励之下，当你要开始进行起义时，她们就会向四下散去，像一场喧闹的音乐会。然而，也许这一切你都知道，所以你在良久的考量之后，故意做了你所做的事。你把那个军人娃娃从他的盒中取出，扯

1　阿玛莉塔（Amalita）为阿玛莉娅（Amalia）的指小词、昵称。

掉了他的军衔标志和雄鹰，脱下了他的白色军服，为他从上到下涂上了你能找到的最黑的颜料：沥青，接着，你用黑椰李的汁液染了他的头发，又用钴烫了他的皮肤，把它染成了靛蓝。随后，你为他穿上了一套非常简单的、像是机械工工装的制服，戴上了一顶漆皮帽檐的帽子。当玛丽亚、阿黛拉和莱昂诺尔上楼送下午茶时，发现你和他一起钻进了盒子里，拥抱在一起。

　　就在那时，我们听见了家中爆发的尖叫、笑声，我舅舅立刻顺楼梯跑上去，进了餐厅。我很平静，坐在长凳上看着汗渍如何在自己的礼服上悄无声息地蔓延，几秒钟之后，他把你提在手里回来了，用双手抓着你使劲摇晃，这是你的作品啊，小恶魔，你的脸那么天真，像你妈妈似的，但实际上你内心深处不过是个婊子，我把一切都给了你，你非但不感谢我，还不尊敬我，不要脸的狗东西，既然你他妈的已经有那个娃娃了，就在那儿等你那个黑人去吧，你们两个在那儿好好考虑考虑，什么是好，什么是坏。他把你扔到了我的裙子上，狠狠地把门一摔，走了进去。

　　一会儿过后，从屋里传来了一些奇怪的声响，一二三、嘀哩，嘛斯切，嘀切。我一点点靠近了餐厅，费力在窗户那里探头往里瞧。加夫列尔在队伍的最前面，砍着他的躯干、臂膀和手，在点点火星间敲碎了花瓶和醒酒器，一下子把它们都炸开，大量的虱子、殉道者的头、被掏空的家具、在巴卡拉牌镜子上被拍死的蜘蛛，陶盘、杯子、大银盘导弹般飞着，石头、拳头、膝盖、手肘也在飞着，玻璃——而不是言语——做的歌声飞着，一切都向自己的周围炸开，像一颗正在形成的恒星的碎片。跟在他身后的，是她们，终于反抗了，愤怒了，被自己的精神灵魂占据了，一边跳舞一边分娩，分娩出吼叫、小猫、指甲，她们点着挂毯和窗帘，把他的眼睛挖出来扔进了一个杯子，拿刀在他的腹部搅动，砍下了他的手，放在一个盘子里给他端了回来，扭断了他的腰又重新给接了上去，她们撬开了他的嘴，往里塞了某种粉色的、长长的、我不认得的东西，她们一边哎哎哎地喊着，一边把它越塞越深。我的脸在窗户玻璃上平静地看着我，它会被火焰的光映得红红的。那时，玻璃碎了，我的脸也碎了，烟让我窒息，火吞噬着我，我看见面前的加夫列尔用背抵着入口的门不让我进。

火逐渐熄灭了，我待在那里看阳光如何从墙面上弹起。慢慢地，我走到了庭院中央，坐在了地上，用双臂抱住阿玛莉娅，开始轻轻摇晃。我摇了你许久，想在你熔化时，用自己的身体来保护你。之后，我把你放在我身边，在跳动的水泥地上一点一点展开手臂，小心地伸展开双腿，免得白裙、白袜、白鞋被弄脏，现在我转过身面朝上，笑了起来，因为，现在我就要知道到底会发生什么，现在我就要知道它究竟是什么样的了。

美狄亚　1972

你来到我这里

肩上扛着舒适的爱的重量

它的脑袋　温顺地垂在你的颈旁

我们一起给羊剥皮

我暗自思索　在你轮廓的光泽里

我愿掷下赌注　为你将成就伟业的漂亮脸庞

为你精美皮具般的身体

为快乐串起的

你脊柱的蓝鱼

为你捧着面包的

慰藉众人饥饿的双手

我决定要给你喝我的蜘蛛的血滴

决定用我玄武岩的胸针抓住你的眼睛

作为野蛮公主军火库的

我的身体

隐身溜入

爱的中心

从你的怀抱里下来　踏上海滩沙地

但后来　陌生土地上的爱开始发胖

肿得流油　就像生育后的我

在绝对的寂静里　我吸吮着火山石过滤后所剩的东西

生下了五个孩子

我为你阴茎的自动唱机丧失了理智

橡胶冷饮机

旋转着给我的身体填满了泡沫

当你驾着林肯大陆轿车经过

那些橡胶会朝我的狗狂吠

昨天会议上的那些股东

在桌上把爱摊开

每个人都枪毙了他们的猎物

刀尖上的一只胳膊　一只腿　一只眼

肚子里埋着一个广告牌

正在售卖　你这个在我眼前

行淫的母亲

我用自己声音的骨骼哭泣

为我的泥土喇叭的声音

共鸣　耳聋　颤栗

它嗯　嗯　嗯地沉入

我的胸膛

如同他含在嘴里的巨大的黑乳房

那木棍　划上　划下

我则错误地重复

错误的数

爱

爱　嗯　嗯

那是一条路灯很少的

为我的灵魂

而塌陷的路　嗯

在你进出进出进出的过程里

我观察着你

摇摆得很肤浅的臀部

你的内心已经呆滞不动

窗户上了插销

门上了锁

我用双手让你的双眼窒息

因为你已把我抛弃

现在我挂上二挡　开始加速

一直开到孩子们熟睡于其中的玻璃盒

我给他们每人准备了一只小勺　像一架小飞机

飞来了　张开小嘴巴

嗯　嗯　嗯

他们小嘴张着　小眼睛睁着

又合上

又合上

于是巴黎绿在他们的体内流淌

所有昆虫都逐渐瘫痪

渐渐平静下来的小眼睛

化作贴住你惊慌面容之镜的

萤火虫

我重复着

把爱用嗝儿

打出来

嗯　嗯　嗯

就这样　我来找你

跳着华尔兹

复着仇

迈着华尔兹的舞步　顶着草鹭的喙

我和你们一起华尔兹

开关闭闭合合

泪堤退缩

听着昆虫的咯吱声逐渐被冻僵

越来越弱的声响

看着自己作为母亲的谋杀犯的脸

我嗥叫　嗡鸣　吹口哨

我宁愿要复活节的羔羊　也不愿要那老羊毛

我再一次绑紧堵嘴的布条

走向了广场

我　不是任何人

而是我将成为的一切

玻璃盒

我这辈子一直都知道，我也是被选中的人之一。我以前一直相信梦，因为我明白，在它们后面，藏着通往永生的门。我以前也一直相信我的双手，因为我猜测，他们有能力创造由冰枝、蛛网、炸药条、硝酸甘油丝，由所有让全世界的交通成为可能的材料所建筑的神奇之桥。因此，权力高层从很久以前就开始寻找我，不过，直到现在他们都没能确定我到底是谁。我明白，他们一旦得逞，是绝对不会饶过我的。他们会用他们的武器瞄准我，甚至不会费心给我登记，找出我应有的身份：驾照、指纹，或我这种情况的任何免费证据。

我的太爷到达古巴时身穿长燕尾服，脚踩踢踏舞鞋，喘着粗气说："真热啊！"好像巴拿马比哈瓦那要凉快似的。尽管他的外表看起来像个失意的魔法师，但与费迪南德·德雷塞布一同穿越大西洋的旅程终究为他增添了一种名望的光环。共同的梦想曾把他们联结成好友：将新大陆一分为二，打开西方人几世纪以来一直在寻找的交通动脉；从法国起航，直达印度，找到丝绸的漩涡、桂皮和肉桂的森林、麝香和芦荟的坛罐。费迪南德的梦想是在新大陆处女地上翻出犁沟，使其成为该世纪地理界的丰功伟绩，阿尔伯特的愿望则是建起世界上最美的桥梁，让它的嘴开开合合，正如那些在做爱的神奇美洲鳄。

1896 年，阿尔伯特导师的公司执意要修一条不设船闸的运河，它威胁到了两个大洋，令它们的水流相撞，于是这个计划以失败告终，不过，阿尔伯特并不想离开美洲。虽然他的梦想——建起一座联结全世界的桥梁——也失败了，但他还是选择去了古巴，那时，他金色的胡须仍旧卷曲，他的梦还没有完全破灭。很快，他便开始设计漂亮的金属桥，它们由脆弱的蛛网托起，架在了芒果树树冠和层层麦浪的上空。这些桥与西班牙人利用修路废石所建的矮粗石桥截然不同，给居民们带来了清新的改变。他的名望越来越大，乃至全岛人都将他称为"法国造桥人"，他倒是对这特别的称呼不以为意，毕竟，他的梦想不可避免地将会实现，而桥梁只不过其中的一个部分而已。

大概就是在那段时间，他认识了后来的妻子，一个土生白人[1]女孩。伊莱阿娜不说法语，阿尔伯特会说的日常用语也少得可怜，但她永远都不会忘记初次见面对方眼中映出阿拉伯几何图形时的那种纯真，也不能忘记他托起线形构造的奇异建筑模型给她讲解创作方法时他手指间的轻盈。夜里，她会为他熬青豆浓汤，早上，会在他钻进有蓝色流苏的马车前，把他的礼帽刷出光泽。这一天中余下的时间里，在阿尔伯特研究河流的地势高低时，伊莱阿娜、她的表姐妹和姨妈会擦干净步枪，在三

1　指在西班牙语美洲殖民地出生的白人。

角钢琴中藏好绷带，阿尔伯特在家里藏了一个起义军家庭，一直没人知道。

他多年里一直把俭省下来的钱寄到一个法国律师那里，但有一天这位律师却神秘地从巴黎消失了，阿尔伯特的精神也由此开始颓废。国内的气氛愈渐紧张，他也无法继续造桥了，他明白，在那种情况下，自己大约是再也不能重返祖国了，于是思乡情绪一下子变得浓烈起来，也许正因如此，他发明了一种冰盒，不但能让他历经多年酷热、已经粗糙了的皮肤记起雪花轻柔的触碰，还能帮全城所有的屠宰场的肉制品保鲜。一天早上，伊莱阿娜找遍了家里的各个地方，想为丈夫端上一杯牛奶咖啡，最后，终于在哈瓦那的第一个制冷机房找到了坐在地上的他，身穿燕尾服，脚踩踢踏舞鞋，梦幻的眼神一如当初他看见阿尔萨斯松林中结冰的松针时那样，就是在那一天，他第一次想到，可以自己设计建造桥梁。

后来，我的曾祖母和祖父沦落到无家可归、忍饥挨饿的境地，于是便去了马坦萨斯，到参加革命军的高祖母家生活。卡卡拉希卡拉、洛马斯德尔塔比、埃尔如比、塞哈德尔内格罗，古巴独立革命挥起胀大的海洋臂膀，像是要扫过整个加勒比。当一颗子弹摧毁了家族最亲密的友人的脸时，哈克比多才七岁。"他在拱柱上靠了一会，松开了砍刀，蓬塔布拉瓦的青铜泰坦就这么倒下了！那是棵木棉，那些是我的表兄弟，那个是在他们怀里死去的马赛奥，这些是参谋部的上校，他们除了砍刀别的什么武器都没有。"他母亲指着照片上他稚嫩的双眼，重述着古巴历史上被反复讲述的那一册中的场景，"死在他们怀中的是心灵最高尚的黑人，是真正的革命者。他们冒着枪林弹雨，把尸体带了回去，又骑了三天三夜，把他葬在了远离西班牙军战线的地方。"

家族的丰功伟绩并没有激励到哈克比多。他整日入迷地看着冰激凌车一排排罐头上的旋转风车和彩旗，或是陶醉地听着磨刀石的声响，伴随那尖锐哨音，空气中充满了刀刃被刚玉砂石打磨时溅出的蓝色火星。十二岁时，他们把他放上了一艘开往波多黎各的小渔船，作为独立而奋战到几乎家破人亡的革命家庭的为数不多的幸存者之一，他躲过了西班牙颁布的残暴的战时财产扣押政策。

哈克比多把裤子卷到了膝盖上面，草帽压到了眉边，裸着上身，手握砍刀，在蓬塞海滩上了岸。"我在名为'凤凰'的工厂做了机械工学徒，因为我喜欢那种在灰烬中重生的永生鸟。很快，我又去学了怎样浇铸蔗糖厂那些让人眩晕的齿轮，我特别喜欢盯着它们看，就像盯着我家乡冰激凌车上的旋转风车那样。"飞轮旋转，齿轮旋转，研磨机旋转，蒸汽汽缸移动曲轴，让中轴推动飞轮旋转，榨出在瓜尼加登陆的美国佬想要的甘蔗汁。

身着消防员的闪亮制服，哈克比多骑着游木力走进了加勒比海没过它胸部的透明海水中，好更得体地迎接戴维斯将军。面对昏昏欲睡的渔村，迪克西号、安纳波利斯号、瓦斯普号在拉布拉亚海滩列出了一排浅灰色的剪影。西班牙军没有放一炮就撤走了，因为他们根本就没有大炮，哈克比多的亲戚、消防队总指挥在一场音乐会上将那座城镇移交给了美军。尘土飞扬的街上到处是被压扁的蛤蟆，"我会留下来"餐厅、"北极"苏打水制造厂、加尼亚彭区、睁着全视之眼的共济会建筑、刷着黑红相间条纹的棋盘一样的蓬塞消防局、大教堂钟楼富丽的银色拱肩依然耸立；崭新文明国家自告奋勇的崭新青年都把店铺建在了镇外葡萄牙河多石的河谷内，他们搬出去倒不是因为惊慌失措，而是因为某些战略因素。

在翻译的帮助下，哈克比多向戴维斯将军致以问候，并提醒他要小心那条暴力的河突然涨水背叛他们。"这么美的田纳西行者，您在哪儿得到的呀？"等到翻译指了指游木力，哈克比多才明白他说的是什么。"先生，它不是田纳西马，它是世上最优良的品种之一，波多黎各帕索菲诺马，巴塔伊达和美霍拉娜之子，诺切布埃纳的后代，如果您愿意的话，我可以把它送给您，然后您就会明白真正的骏马是什么样的了。"将军并没有明白关于血统的解释，但却满心喜悦地接受了礼物。"它叫游木力，名字取自一位起义的印第安酋长，他杀了一千个我们土地上的侵略者，啊，不是这里，是在古巴的土地上，杀的是西班牙人，先生，当然了，他只杀反动守旧的侵略者。""您介意我给他改个名字吗？""哎呀不会，怎么会呢，您想叫它什么都可以，您觉得栋豆[1]怎么样？那是个很可爱的名字，在新墨西哥很流行，在马匹展示会的马圈里，很多马都叫这个名字。"马鞍、巴拿马草帽、骑手同时转过去，就像硬挺的白色风向标突然被风吹动。哈克比多甚至没有回头去看，"但愿湍急的河水能把那些人给带走，游木力，你那么高贵，游木力，甚至能察觉我食指与拇指给出的最轻微的力量。"

然而事实上，在美国佬进入波多黎各后，哈克比多所有的梦想都实现了。他在建起横跨芦竹谷的美丽金属桥的同时，在自己的铸造厂熔掉了大量的蓝色红色白色的铁，将它们铸成了外资大型发电站的巨大齿轮，他的房子是全镇第一个用上电的，他是第一个开起福特 T 型车的，那汽车在尘土飞扬的街道上把马儿吓得四处逃窜。他还在一栋覆满百合的建筑里开了全镇第一家影院，并将它命名为"哈瓦那剧院"，影院清凉得很，周围有很多喷泉出水口，溅起的水花一点点沾湿着向泉水倾身的雕像的长发。幸福至极的他在某天去看了一场美国飞行员在郊区表演的飞行杂技，他相信自己也可以完成那些动作，便爬到房顶露台，举着一把打开的雨伞纵

---

1 原文为 Tonto，在西班牙语中有傻瓜之意。

身跳了下去。

整个镇子的人都去了墓园送他。消防员乐队的钹和小号响个不停，他的朋友们走在乐队后面，唱着歌，声音被铜管乐器的嘹亮打压下去，虚弱凄凉得很。

有爱的幸福时日

永不再来

我们在心里感慨

应及时行乐，应及时行乐。

他绝不会想要一个悲伤的葬礼，严肃的人一向让他害怕。因此，他下葬时身着消防员制服，一只手臂抱着带羽饰的头盔，高筒皮靴擦得像蟑螂壳一样锃亮。因为他是共济会成员，他们没有在他的墓前立十字架，并且按照他的遗愿，在墓碑上放置了他的狗格雷琴的雕像，它竖立的耳朵永远保持着警觉，尾巴蓬松得很，据他本人说，在狗死后，他为它进行了一次水泥浴，就这样把它保存了下来。

我祖父赚到第一笔钱时，在古巴订制了一个玻璃盒，拿它来抵御乡愁，我还是个小男孩时，总是一面入迷地盯着它，一面想着祖父的那些故事。我会看见他带着好奇心，从长满绿色麦草的山坡小路上跑下来，会看见棕榈屋顶的茅屋、把木棍拼成 X 形的阳台栏杆，会看见棉花一样的白云贴在马坦萨斯被刷成蓝色的木板房顶上，哈克比多就是在那片街区长大的；现在那土地只属于在菜园里耕耘的背着粗布包吃着面包渣的人、把一圈圈青香蕉从山上扛下来的人、挤奶的和拿玉米喂母鸡的人，只属于每一天都在照料那片土地的人，革命把它从西班牙人的手中解救出来了：那个世界不可避免地让我想起我们失落的天堂。

那时我会盯着玻璃盒看，一盯就是几小时，还得站在一把套了坐垫的龙舌兰藤条椅——那时客厅里放着很多把这样的椅子——的边缘一直勉强地保持着平衡（盒子总是放在一块很高的搁板上，小孩子们都够不到，为了看它，必须先在它面前保持十分钟不动，才能让双眼适应室内的昏暗），之后我会离开房子，砰地把身后的门一关，猛地扎进表兄弟间明亮的叫喊声和推搡里，就像沉入极冷的池水中。

后来，祖母开始忙于维持一家人的生计。她有六个儿子，其中胡安·哈克伯，也就是我的父亲，整天把三角钢琴的钢琴丝拆下再安上，导致弹出的声音全都变了调。连他自己都不明白怎么回事，曲子都像照着日本乐谱演奏出来的。当祖母看到自己丈夫的古怪开始在儿子的兴趣上显现时，不免担心起来。哈克比多特别喜欢种百子莲，但只种一两片花坛是满足不了他的。对他来说，种百子莲就意味着种出一片百子莲海，从一个镇子蔓延到另一个，要让整个山谷都铺满紫色，他好在上方架设他的桥。

　　心怀自己祖父的交通梦，哈克比多决定投身于政治，他认为那是唯一能实现他古老的世界桥梁建设愿望的途径。"昨晚我梦见自己造了一座世上最美的桥，它是银线建成的，从北美延伸到南美，那些线不断从我的肚子里跑出来，我都不像工程师了，而像一只巨大的蜘蛛，真奇怪啊，对吧。我的桥在一个国家里，它联结东西南北，美轮美奂，在那个国家没有战争，没有饥饿，没有贫穷，桥的支撑点就在我们岛。我的儿子，你会看到，世上所有的草鹭都回来我们的森林栖居，那些在海上远远望见我们的光亮的人会惊呼：'在我们眼中，你来是为了发现和平。'"

　　接下来，是"百万美元之舞"[1] 年代，他的叔父们和父亲建造了不计其数漂亮的铸造厂，既有民营厂又有和美国大企业合办的合资厂。他们开始雇佣郊区区民制造发动机、涡轮机、计算机、起爆管、汽车零件，大大小小各类机器，只要是美国市场需要的，他们都制造。那些居民用自己的双手铸造、拧紧、硫化、组装好那些货

1　Danza de los Millones。二十世纪二十年代，哥伦比亚咖啡贸易繁荣发展，大量美国资金从纽约股票市场流入哥伦比亚，两项因素共同推动该国经济飞速增长。此外，因促成巴拿马从哥伦比亚独立，美国支付给哥伦比亚两千五百万美元作为赔偿，这笔款项被称为"百万美元之舞"。"Danza de los Millones"年代指的即是该时期。

品，随后又轻手轻脚打包装盒，把它们送到"海列车"和"海路联运"的货船仓库里准备给北方人运去，每一个货品上都清晰地标有它们低廉、合理的价格，好让美国朋友和伙伴们购买这些产品，帮帮他们南方的无依无靠的兄弟姐妹。然而，居民们不明白，为什么那些从美国运过来卖给他们的计算机、涡轮机、起爆管和发动机那么像自己生产的那些，并且，不幸的是，价格是他们原先贩售价格的三倍。

祖母没有看错。全家人里，只有胡安·哈克伯的心一尘不染。像迈达斯国王一样，他所及所触之物都变成了金子，他甚至开始怀念起贫穷的感觉，不过他无须担心，因为金钱过他的手就像过一个筛子一样。他的手指因接触了太多金粉而变硬，但他本人穿的衣服却总是很破旧，而且过于宽松，袖口磨得厉害，裤腿边儿也总是脏兮兮的。当他掏出手绢擦汗时，房间里总是充满了金缕梅香水味，他停在空中的手的姿势那么轻盈，让人想起黄金世纪，那个时代的开端一定也是这样优雅吧。当他认识玛丽娜时，百子莲的花海在他眼中掀起了阵阵动情的波浪。

在我祖父母的老宅中，总会举办一些豪华的晚宴来款待美国企业家们。我的母亲把他们称作"上宾"。这些人总在背后笑胡安·哈克伯，笑到眼泪都快流出来了，他们笑他发表的那些频繁又隐蔽的爱情宣言。母亲谦逊又热情，像一只热带鸟一样，对待她客人们的方式堪称礼仪典范，她熟背《如何交友及影响他人》《波士顿菜谱》以及《埃米莉·波斯特礼仪之书》[1]。她也会事先在各位贵客的餐盘前悉心放好装饰用的蓖麻枝，当夜幕降临，她一身风信子蓝的衣裳坐在钢琴前开始弹奏舞曲时，我的表兄弟、兄弟和我的叔父们都仿佛能听到有毒的蓖麻奶缓缓滴入餐盘的滴答声，大家也都因此感受到一种侵入身体的奇异愉悦。

每年复活节，都是她主持家中的庆典。我们这些小孩子会拿出整套餐盘、银质餐具，摆好十二人的餐桌，跑到镇子郊区去找与我们共享晚餐的食客。玻璃盒子里的居民会再一次在我的眼前排列好，他们会仓促地伸个懒腰，低着头舒展一下肮脏的身体，拖着赤裸的双脚在我当天早上擦过的地砖上行走。他们会把龙舌兰编织袋、甜品托盘、香蕉串放在地上，再一个个坐下来，好像不知该怎么转身，不知怎么在刻着花纹的椅子上坐下来且不折断桃花心木上的玫瑰，不知怎么把龟裂的双手放在白色桌布上。我母亲会在餐桌主位上祈祷。叔父们则会在食客间传递陶盘，他们小心翼翼地给自己盘中添上嫩香蕉、洋葱牛排和豆角米饭，一颗米都不会掉下，一滴

---

1 此处三本书名均为英语：*How to Make Friends and Influence People*，*Boston Cook Book* 及 *Emily Post*。

菜汁都不会落下，绝不会弄脏桌布纯洁无玷的白色。渐渐地，缩在胸口的脑袋抬了起来，他们和旁人眼神交会时也有了更多的自信，没有了牙的口唇间透着天真的微笑。我母亲于是开始诵读《传道书》："我又转念，见日光之下所行的一切欺压。看哪，受欺压的流泪，且无人安慰；欺压他们的有势力，也无人安慰他们。"接下来，一张张已有醉意的嘴纷纷吞下了朗姆酒椰奶蛋糕，一些脸庞透出不信任，另一些露出些许苦涩，余下的大部分则无动于衷。"我心里说：'来吧，我以喜乐试试你，你好享福。'谁知，这也是虚空。我为自己动大工程，建造房屋，栽种葡萄园，修造园囿，在其中栽种各样果木树……我又为自己积蓄金银和君王的财宝，并各省的财宝；这样，我就日见昌盛，胜过以前在耶路撒冷的众人。我的智慧仍然存留……后来我察看我手所经营的一切事和我劳碌所成的功，谁知都是虚空，都是捕风……"

每到主显节，都会重复这样的仪式，因为多年来母亲一直很强势地坚持这样做；只不过过程是相反的。我们这些孩子会跑到郊区，就像进入玻璃盒中的小径，从一座木板桥跳到另一座，从一片水塘跳到另一片，从一个木棍做栏杆的阳台跳上另一个，驱赶着猪群、母鸡群和珠鸡群，最后，开始庄严地在工厂工人的孩子们中分发包裹在银纸中、装饰着大朵圣诞红的礼物。

礼物赠予仪式会持续一上午，中午一过，我们就会在一片锌板搭起的棚子里坐下，板上有很多小孔，阳光会从那里洒下来，孩子们的父母、叔叔婶婶和祖父祖母会在我们面前铺开一桌丰盛的宴席。他们带着无尽的温柔摆放着菜品，那张有毛刺的木板桌上覆着几世纪的油污，残缺的大盘里盛满了米饭，散着肉桂和姜的香气，油漆剥落的陶锅里有热气腾腾的鸡肉饭，香蕉叶托着粽子和烤乳猪，旁边摆着虞美人作为装饰，还有大米布丁、玉米羹、更多的粽子，食物源源不断地端上来，我们永远都不可能吃得下那么多，刚刚的大米布丁已经堆到嗓子眼了，"我们吃得太丰盛了，非常感谢"，"哎呀，别这样呀我的孩子，试试这最后一道辣血肠，还有这最后一道炖乳猪尾"。我们知道自己必须把菜都吃完，所以便留在那里，吃到桌上的盘子都空掉为止，桌下的小狗一直舔我们的腿，光着身子、肚子鼓鼓的小孩子盯着我们，观察着我们，明亮的眼睛眨都不眨一下。只有在把所有食物都消灭干净之后，我们才能在他们脸上看见幸福的光芒，只有那时我们才能玩跳房子、小球入洞、捉迷藏、"为什么为什么为什么"的游戏，才能跑去厕所站着拉屎，用从围栏古老的缝隙钻进来的微风吹干屁股，玩蚯蚓，转陀螺，和工厂主的孩子们一起玩"哩嘞哩嘞隆"的游戏。

那浩大的场面彰显了我们家族所拥有的财力，人们把愤怒藏在维西甘德[1]面具后面，所有人拉起手，围绕请客的主人站成一个圈，甩着身上巨大的亮缎面连身服，随心所欲地把它掀起来又放下，我们晃着头上的角，蓝色的、绿色的、红色的、黄色的会甩出红色水滴的角，每人额头上都顶着四只牛角，还有十颗鲨鱼的尖牙。我们在古老歌曲令人恐惧的乐声下跳着，那些郊区的居民会念起来："兴叽哩，兴叽哩，挂起来，轰咯啰，轰咯啰，罩起来，兴叽哩，兴叽哩，若往下掉，轰咯啰，轰咯啰，就会被吃掉。"

我完成工程学学习从美国回来时，父母已经去世多年，那些神圣晚餐的见证人——我的叔父和表兄弟们——已经扩大了公司的规模，在每一个岛上都建立了更多的铸造厂。他们被纽约的奢侈品百货公司萨克斯第五大道的丝绸和爱马仕的丝巾遮住了眼，利摩日和国王之银的瓷器收藏得越来越多，摞起来高得过分。亚得里亚水晶弯着蓝色的茎伏在桌面，灯在墙上哭泣，老虎与独角兽在挂毯的密林枝叶间搏斗，在已经因时间而泛黄的老宅墙壁上掀起了一阵微风。

我请他们给我一个工作，到现在为止，我的生活一直很平静：上午，我穿上蓝风衣，到叔父们的——当然，也是我的——办公室去，清楚地了解工厂生产以及贬值

1　Vegigante，波多黎各蓬塞嘉年游行上的主要人物之一。

的节奏。

我会在我的办公室接待美国投资者以及事业伙伴，会在我们古铜色的、从上到下都由磨砂玻璃包裹的大楼的二十层向他们展示城镇的美丽风景；我还会让他们在某种意义上相信，因为他们国家居民的热情友善，这美丽也属于他们，不知哪一天，或许会彻底属于他们。

不过，到了晚上，我的生活就是另一个样子了：我会变回自己原本的样子。穿一身黑，悄悄走在那栋大楼的楼道里，钥匙我一直都有。到现在，我只完成了破坏工程的几个小行动，比如几座小小的爱之桥，每天都会在玻璃盒的居民和我之间展开，公司里的人至今都无法解释：一天早上，铸造厂的一台压缩机坏了；另一个早上，计算机工厂的一杆焊枪不能用了，修都修不好；我还曾经更改了一批起爆管的精准计时零件，这批产品已经过审，就要被送上船运到美国的海军基地了。

我的行为可能给我未来人生造成的后果让我有些害怕，于是我决定，最后一次潜入老宅，解救玻璃盒。

家里的生意一段时间前就开始面临危机，我的表兄和叔父们都开始向悲观和绝望投降。他们几天前就宣布，要甩卖家具，还有不久前装饰高贵宅子的其他奢侈品。他们喊着，"银制大烛台，二百美元卖，其实它的价值比这个高多了，但还是要便宜些，因为不管怎么说，咱们都是一家人，可不能互相剥削呀"；或者发着类似的抱怨，"我本来想要座钟的，结果给别人了，把三角钢琴给了我，可都叫夜蛾腐蚀了，现在也没人会出价买它了"，我穿过前厅和餐厅，没人注意到我，于是便接着钻入了客厅的黑暗里。

拍卖的喧闹从远处传过来，还没有轮到忽略了今日的舒适、只为另一个时代的高雅所设计的木雕藤编躺椅。玻璃盒仍旧在它的搁板上，上面覆着一层薄薄的尘土，很显然，它已经被所有人遗忘。我怀着无限的温柔把它拿下来，将它据为己有，这么多年过去，直到今天，我仍旧觉得不可思议，自己竟然那么容易就得到了它。我把它夹在胳膊下面，再次穿过了那些减价甩卖的房间，壁毯、中东地毯、汤盆、瓷器、雕刻艺术品、油画，都散在地上，像就要变成石头的宝物。

我悄悄把手放在门把上，没有人注意到我，于是我便开门上了街；终于又呼吸到水沟和城里小巷的气味了，它们闻起来像一条美丽芬芳的辫子，如释重负的我在灵魂深处舒了一口气，但没有任何人听见，空气中有番荔枝、腰果、菠萝、橙子的味道，有不计其数的已经在暑热中熟透的水果的味道；有朗姆酒、鳕鱼、汗水的味道，有妓女身上的味道。我感觉已经不能再耽搁了；是我建造自己桥梁的时候了：最美也最可怕的桥梁，一座终极桥梁。

我来到了海堤，旁边的二桅船在等我，我将乘着它穿梭在整个加勒比，在一个个港口间运送蔬菜和水果，这时，我向镇子转过身去，望向了家所在的地方。我耐心地等着，等自己偷偷安在客厅昏暗的玻璃盒搁板那儿的装置爆炸。我知道，我的桥即将升起，它的火焰桥拱将向北也向南延伸出去，在看到这一幕之前，我的斗志和精神绝不会止息。

蓝狐大衣

贝尔纳尔多终于脱下金色纽扣的军事学院外套时，长长舒了口气，仿佛一个向掌管睡梦的蜘蛛投降了的人。从小，玛利娜就一遍遍地在他耳边说，他的眼珠很绿，绿得让她想像摘葡萄一样把它们摘下来。他们两人之间有种神秘的联系，有些像二分点与二至点，又有些像诗歌中的音节缩短法与音节延长法。他们的出生只相隔几小时。随后，其他弟弟妹妹也出生了，但是，他们作为最先来到世上的孩子，在父母的眼中总是保有那种特别的光亮，就像托勒密在编撰天文历时他眼中的参宿七与参宿四，即猎户座阿尔法星和猎户座贝塔星，它们最亮的一等星，蓝白色超巨星[1]。

多年之后，终于从学院毕业的贝尔纳尔多只想赶快回到童年里那个有白色阳台的家。然而，他回到故乡才发现，全家已经搬到城里，父亲也全然变了样子。他不再像从前一样散着土地的味道，原来连坐下吃饭都不摘的巴拿马宽檐草帽也不见了，额头还出现了一道永远都不会完全消失的细长潮湿的沟壑。随后他得知，父亲把大部分土地都租给了外国投资者，自己则致力于拿大笔的钱做投机买卖，财产越滚越多。

过去四年里，贝尔纳尔多一直在憧憬耕田种地的生活，但他现在知道这已是不可能的事了，于是便整日和

---

1 参宿四实为红超巨星。

玛利娜在海边闲逛。他与家人隔绝开来，像是把自己封在了一块寂静肮脏的冰块里。妹妹一直很想把那冰块砸碎。我的马软软地转着圈，有时会在缓缓退下的浪中收一下蹄子。我任它走着，带领着哥哥的马，我们一同进入咸咸的海雾，离家越来越远。那是我第一次和他提到小飞机的事，我从来都没飞过，贝尔纳尔多，你得可怜可怜我。我有十比索，不是任何人送的，是我自己劳动挣来的，在这世界上，我现在最想做的事就是飞一次。贝尔纳尔多，你得可怜可怜我。第一个飞起来的人是位中国皇帝，他从他帝国最高的塔顶飞下来，手腕上用银线绑着两顶蛤蜊形状的帽子。第二个人是一位日本法师，他做了一个鱼形的风筝，把线的另一头交给了一个在附近玩耍的赤着身子的孩子，然后他骑上风筝，从富士山顶跳了下去。第三个是伊卡洛斯，他在冰柱上熔化了。小浪花的泡沫毛茸茸的，不时粘在马蹄上，马儿一边躲着浪，一边用马鬃轻轻拨开雾气，它们的尾巴拖在后面，如白色的梦魇，从月亮的脸庞上拂过去。他们很快爬上卵石坡，站在了悬崖的最高点。远处的海向深处塌下去，逆着风还回了些许石块和泡沫。

　　当天下午我就说服了他，我们去了机场。我交上了我的十比索，我们登上了飞机。开始拉升的时候，就像刮来了一阵风，我想象中的木质伞骨折了起来，丝绸纸也被吹皱了。贝尔纳尔多从远处、从他的护眼罩里看着我。羚羊皮手套在他手上显得有些松垮，仿佛要滑下来的样子，他漫不经心地踩着踏板，像一个用缝纫机给衣裳打上奶油花边的人。就在那时，他开始讲他的故事：那一年回到学校时，正好是天气渐渐变糟的季节，我注意到，在我的室友笑起来时，声音里夹杂着咳喘，听起来就像一个装满小红鱼的鱼笼。还是发现得太晚了。在我帮他准备回程的那天下午，他租来一辆雪橇，当天晚上，他邀我去结冰的湖面上最后再跑一圈儿。一出门，他就在雪地里做了他习惯的甩黑袍动作，冰面上像是开出了一朵黑色的莲花。我坚持要他穿上我的蓝狐大衣，但他不愿意。雪橇往湖中心滑着，大雾开始抹掉我们的视线。我们进入了一片一动不动的空旷里，手刚一伸出来，腕部往下的部分就像是要被冻掉似的。那时，我们听到了远处的嘎吱声，缓慢得让人难以忍受，应该是湖面还在一点一点结冻吧。我们钻进了眼前越来越浓的雾中，那雾气就像一片被白化病猴的尾巴搅动的森林，绕在我们手上不肯散去。就在那时，我发现室友前进时根本没有看路，倒不是因为雾气，而是因为他的目光完全被冻住了。他已经不再赶马。一动不动，像是被风的长矛击穿了身子的呆滞车夫。雪橇撞上了一个雪堆，我们滚了很多圈，浑身都是白雪，滚出了很远。我弯下腰去看他时，他的微笑里溢出了雪花。我脱下了我的蓝狐大衣，小心地把他裹了起来。

　　玛利娜听着那个故事，觉得毛骨悚然，甚至都不再能享受世界在她脚下变小、变成初生模样的感觉。他哥哥从来都没有和她说过自己有室友，他的故事从他的沉默中突兀地跑出来，像是一面冰做的定音鼓。就在那时，我看见他指着地平线，微笑了起来。我们正在接近原来的家，那栋被甘蔗园围绕的老宅。我们在它的上空盘旋飞翔，欣赏它的四坡式屋顶和上面开的天窗，还有架在一根玻璃脊檩上的餐厅露台，我们从很小的时候起就习惯了在那里看鬼魂进进出出。天窗映着阳光闪耀，如同一顶节日草帽上别着的彩石胸针。那真是世上最美的房子。

　　他带着妹妹飞上了天，在阳光的明澈下将世界展示给了她，还向她描述了一次假想的死亡，几天之后，贝尔纳多再次租下了小飞机，向一排从几个月前就开始聚拥在一起的海上浓云飞过去，永远地消失了。同一天上午，玛利娜收到了寄来的一件蓝狐大衣，是男士的，对她来说过于宽大了。她以为是人寄错了。

尘埃花园

牵着欧塞比娅的手,我慢慢从树下走过,今天,枇杷的皮因暑热而爆裂,上面覆着一层尘灰,果肉露在外面,像惹人注目的猎物身体,又像落了土的乌檀木女人像。蜜蜂一个劲儿往黑糖的伤口里钻,番荔枝的汁水在鳞状的果皮外如往常一样慢慢地凝结。今天,一个人都没有。只有园丁在,与平时一样扫着地面的灰。因为腿上肿块的缘故,欧塞比娅钻进香蕉园的缕缕阴凉里,找到了一个可以支撑她背部重量的树干。她仔细看了看地面,确定没有火蚁之后才坐下,把腿伸直,开始在脚的伤口上敷仙人掌片,那是她刚从附近的一棵仙人掌上切下来的。我把头枕在她的裙子上,听着新鲜的布料浆粉在她黑色的身体上发出的窸窸窣窣的声响。我的太阳穴疼起来,她便用指腹帮我揉,我的双眼浑浊得仿佛泥塘里一条鱼的白肚子,她便用厚实的手掌一遍遍抚过去。她的皮肤发光,她看着我,笑起来,脸像湿润茄子般的丝绸做的,让我想用手指去压,看按下去的紫窝窝会怎样充盈回来,那感觉真好。我听到了火车的笛音,它让我想起昨夜的微风如何把细雨装进海牛的肚皮,困在蚊帐中的它一直转来转去,试图逃离。

欧塞比娅把抽了一半的烟拿出来,点着,吸了几口。一群蓝色的鬼魂跑出来,在香蕉树落满灰的灰色叶子间列队行走,仿佛在水下滑行的海蜇。她总是闭着眼,不动声色地重复着同一种深邃的声音。我努力想抬起眼皮,看看她罗望子般的眼睛，向她表达谢意，但她的金牙却渐渐暗淡，一点点地被埋进了她微笑泥潭的苍白中。她太阳穴旁生出的白色卷发的翅膀绕到后颈，模模糊糊地消失在了那里。

玛利娜和欧塞比娅来到镇子的那天开着黑色的帕卡德，她们悄无声息地穿过了午休时间荒凉的街道。两人看见那些门廊粗壮的粉色廊柱从车的两侧向后退去，仿佛在开始练舞前整理长筒袜的芭蕾舞者。大宅由石膏鲜花串、水果篮、圣油罐形的栏杆柱和大片大片的叶蓟装饰，在阳光下鲜亮无比，像被包裹在一层厚厚的糖霜里。带栏杆的阳台仿佛环着手臂的年轻面包师，立在绿柱石色和绿松色、洋红和翠绿、紫罗兰色和白芝麻色的背景前。欧塞比娅觉得整个镇子好像一家巨大的奢华糖果店，当她们开到葡萄牙河灰土土的石滩时，她才松了口气。

胡安·哈克伯的家在镇子外，靠近水泥厂的地方。黑色的帕卡德停在了铁门前，小喇叭忧伤地响了一下。没有人出来接他们。玛利娜和欧塞比娅从车窗探出头去，看见那栋别致的房子建了一片棉花田里。玛利娜脱下鞋，光脚走在软绵绵的地面上，任因灰尘而肿胀的悲伤思绪从脑海中掠过。她抬起脑袋，想找蝙蝠，却不得不很快低下了头：像雨一般落下的灰尘一下就蒙住了她的眼。她开始在那个寂静的无风无水的地方游荡，不时在这儿或在那儿晃一晃干枯的灌木，只为愉快地唤醒某个睡着的鬼魂。她在一大片尘土上吹了口气，心不在焉地推开了一根覆着硝土的残枝，仿佛那是一个考尔德的动态雕塑作品，她用慵懒的手抚摸着那些被盐打磨过的灌木，用麻木的脚踩着泥泞的水坑。终于，她在一棵雨树覆满尘灰的树冠下停住，抬起了双眼。那是一种中心有拱顶的复杂植物，有着薄膜样的叶子。玛利娜一下子倒在了地上。

那天晚上，当胡安·哈克伯回到家时，欧塞比娅已经把玛利娜扶上了床，又把鲜花水涂在她的太阳穴上，为她恢复了精神。胡安和她谈起了她或许可以创造出的花园。波斯花园，天堂的象征，只有在沙漠之中才可建成。它可以是一个几何对称的花园，像一张挂毯一样规整，或者弯成一道蓝色陶瓷的圆弧，像希克斯罗图福拉清真寺的拱顶一般。他为她描绘了底格里斯河及幼发拉底河流域，在那里，众多椰枣树聚起了一种甜腻的绿色，粗硬有刺，也许会刺伤馋嘴骆驼的厚唇，丰饶的叶片借着耐心的力量生长，在千年的沙地上散播匀称和谐的幸福。在神圣花园的中央，一直也都有一小潭绿水和一扇由绿宝石砌边的小门，只有被拣选的人才可以进去。

玛利娜没有回答她，只顾着看一直撞击她卧室窗户的尘土旋涡。她就这样过了几天，想着自己失败的婚姻，也没有打开行李去整理，她盼着昏暗的浓雾散去，好再次开起黑色帕卡德，回到她父母的庄园去。一天，大门的铁门环响起，撼动了她失落梦中腐烂羽毛铺就的床铺，于是她起身去看访客是谁。玛利娜把头探过围墙去看的时候，抓着门环的手仍然坚定地一下下敲着。她看见了一个高颧骨的男人，他正抖落自己的宽帽檐上积攒的灰尘，并用磨损的裤子擦着自己的双色鞋。他动了动自己龟裂的小丑嘴唇，礼貌地问她是否需要一位园丁。玛利娜打开了大门，向他展示了那座尘土花园，这就是她的全部答案。访客的眼中顿时充满光芒。这是我一直梦寐以求的，他说，一座盛开雾霭的恒星花园。现在我终于知道为什么有无尽的细雨飘落在这镇上，那是星辰的尘埃。当玛利娜试图向他解释那是水泥的尘灰时，他狠狠地摇了摇头，不信任地绷紧了眼眸。当然，您还太年轻，不明白，他对她说，但您真的拥有这世上最美的花园。

玛利娜被访客的挑衅激起了兴致，当天便打开行李安顿下来。她一早起来就能看到他在修整花园，怀着无尽的耐心在灰色的地板上刻画由菱形、立方体、多角形组成的神秘几何图案。玛利娜突发奇想，在树最高的枝条上挂起无数的风车来，用它的钢质碎片映射被削弱的阳光，又在低枝上挂起婚礼摇串，搭配玻璃花铃，让想消遣一下的过客都能够得到。园丁不知疲倦。他用砍刀时克制谨慎，仿佛一位埃及祭司，用耙子梳扫尘灰时则从不停歇，像是要永无止境地继续下去。他将鞘翅和海胆壳放在路边做装饰，好让它们银色的哨音与那步道和谐一致。当花园建成时，大家特意等到了一个没有月亮的夜晚去看它。紫色的凹曲面将自己布满孔洞的小腹安放在花园之上，冷漠得像完美瓷盘上的一朵银莲花。只是人们几乎无法呼吸。

玛利娜与雄狮

有位美国记者想写一篇文章，详述家族所取得的经济成就，为了迎接他，玛丽娜决定办一场变装派对。她托人做了一身精美的玩偶衣裙，搭配镶满珍珠的露指手套以及脚尖顶着白色大蝴蝶结的缎面鞋。他们用玻璃纸把她包好，塞进了一个裹绸缎的箱子里。那一晚，玛利娜透过僵硬又黏腻的透明表面看到了世界运转，仿佛一切都被涂上了一层清漆，阳光打上去，无数的褶皱都变成了棱镜，整个世界都在闪闪发光。这些就像是一个梦，她自言自语。我的全部生活正像眼前所看到的，遥远而光鲜，完全像是一个梦。她在箱子里摇摇晃晃，有些厌烦地用戴了手套的手抓紧了珠母扇，生怕熟睡玩偶的入场变成奢华棺材的入场。她天生的优雅为她化险为夷，迎接她的是所有宾客的热烈掌声。一感觉箱子落地，玛利娜便用扇子边缘在透明玻璃纸上划出了一道很长的口子，从箱子中缓缓站起，在水钻流苏和软下去的玻璃纸的衬托下，笑意盈盈，光芒环绕。

玛利娜坐在小叔子身边，听着他们的对话。突然，她感觉一粒煤屑嵌入了自己的一只眼睛，她使劲地眨了眨眼。马尔克·安东尼奥刚刚宣告，在他的公司占领全球之前，他决不休息。恰恰是在类似的场合，玛利娜最善于集中精力。她可以把思绪的根茎集合起来，用它们在沙漠之中形成一棵巨大的旅人蕉，可以任那些振聋发聩的词句在纺锤形的空洞中滑行，各位仁兄，各位贤弟，我们将邀企业家们来岛上做客，请他们喝鸡尾酒。试练我们的一年将会来临，太多的贪婪、太多的商人战利品、太多的世界灾难，我们将形成企业联盟，会把每担价格提升一角，我们将申请联邦资助，他们会再给我们两千万，我们会带他们看我们美丽的自然风光，他们会再给我们三千万，牲口的蹄子会烧起来，地上的石板会炸起来。那时，我们会带他们去看我们的郊区，他们便会再给我们四千万，我们会让他们相信我们的战略重要性，他们便会再多给我们五千万，因为基督的死敌是这个省的创建者，他来自那八千万的贪婪。

玛利娜想起了她的丈夫，他从很多年前起就一直待在疗养院里。她又想起了马尔克·安东尼奥和胡安·哈克伯的离奇相似，有趣的是，他们两人本身是那么不同。她记起来，在德国的潜水艇把大型水泥搅拌机打进海洋深处时，马尔克·安东尼奥不得不去找自己的哥哥帮忙，因为第一台机器毁掉后，他已没有资金再给委托他的美国公司建起第二台。他不知如何是好，不知如何把那座之前只存在于他梦中的巨大城市变为现实，那座城的光里搅着尘土，在房顶挂着，像即将滴下来的脓液，还有无数的烟囱嵌在黏腻的天空，那座从前只存在于他思维中的虚幻都市，一旦成为现实，就将继续虚幻下去，永远裹在因暑热而黏在人皮肤上的潮湿汗巾里。混着风扬起的灰色粉末落成的薄纱轻轻贴在人的头上、肩膀上，贴在所有居民的额头前，也覆在所有的白色火药沙滩上，每当傍晚涨潮，乌云便开始伴着炮声般的雷鸣聚集在所有被抹上烟尘的田野上空，聚集在所有被石灰催熟的花朵和果实上空，等它们在树的高枝上被烧成水泥灰烬，从那时起，这座城市便开始存在于一个时间停止的世界，谁都无法得知人和物的真实年龄，所以这也变得不重要了，居民因此也只能相互重复悲伤的微笑，毕竟，智慧和死亡这类事都是天注定的。在镇上，一切形式的粉状物都被禁止贩卖，无论是科蒂牌的还是香奈儿的，无论是米粉还是淀粉，清洁粉还是避孕粉，爱之粉还是恨之粉，一律禁止，人们永远用铅粉遮面，透过这摘不下来的面罩吃饭，透过它说话，透过它发笑，热烈地期盼着从那不曾落下一滴水的被水泥糊住的天空落下一滴水，期盼着一次电闪雷鸣的暴风雨，或是一场上天恩赐的龙卷风，好把他们头顶上那钢筋混凝土的华盖移开，这顶华盖也如一潭清澈的池水，能映出那片被播种了水泥的大地表面，能映出那场陌生的被遗忘的雨，那场雨只能洗掉那个他们没有犯过的错，但这错误却让他们注定活得如老人一般，麻木地披着灰色的羽毛，永远地挨受每走一步周围扬起的裹挟灰尘的热汽。

马尔克·安东尼奥看见胡安·哈克伯正坐在地上读亚历山大·埃菲尔的传记，那是位激情澎湃的伟大的桥梁及高楼建筑师，可以用在他手中编织和拆解的线丝建筑楼宇。马尔克·安东尼奥的请求在他看来十分幼稚。两个月之内，他就造好了第二个大型水泥搅拌机，用上了三轮车、自行车、桶板、报废马车的车轮、废弃的汽车底盘还有其他他能找到的被居民扔在城郊的废铁。胡安·哈克伯就这样成了一家企业的创始人之一，不过他随后便对之完全失去了兴趣。只是钱的问题仍然折磨着他，他必须得就市场价值缩水的问题做出决策，必须得找到合伙人来扩建新工厂，赢得政府支持，好修建新公路和学校还有村落与公共建筑。胡安·哈克伯像是被拽进了一个烈火旋涡，在恶魔的肠道中不停旋转，在他自己设计的那个火炉中旋转，永远不得停歇。他病了；必须让他留院治疗。那时，玛利娜决定搬到她小叔子家中去住。

在举办派对之后的一天，玛利娜去马克·安东尼奥的妻子玛德莱妮的私宅中看望了她。她去时带了罐装精美的饼干，头发剪得很蓬松，挡在耳后，还带着金缕梅水的潮湿，太阳底下的她被晒黑了些。她细心看着饼干盒盖上贡多拉船闪闪的光亮，脑子里什么都没想，每当她稍稍转动红色阳伞的伞柄，就会感觉微风在轻轻抚摸她的后颈。打开门时，她闻到了一股强烈的氨气味，但她也没在意，想着既然房子被锁了这么久，有味道也是难免。她合上伞，走向厨房，却在门口呆住了。玛德莱妮就在那里，坐在餐桌主位的一张大主教椅上，用牙刮着树叶，同时拿脚趾抚摸着一头狮子的脊背。进来进来，别怕它，它是我们在巴西时马尔克·安东尼奥送我的，还配上了海蓝宝石项圈，为的就是拴住它，她这么说着，又啜了一口下一片树叶上的黄油[1]，随后闭紧牙齿，刮起叶片来。

玛利娜走了过去，用深思熟虑过的缓慢速度把伞尖点在了地上，仿佛那是把长枪，她擦得一尘不染的格里芬休闲鞋停在了离狮子刷来刷去的尾巴一寸远的地方。那次拜访时间很短，玛利娜没有坐下，玛德莱妮也没请她坐。玛利娜觉得这个小店老板女儿的变化简直不像真的，那时她叫蓓比塔，后来马尔克·安东尼奥把她的名字改成了玛德莱妮，她童年时每天的生活就是在菜豆间捉捉象鼻虫，或者以一磅两分钱的价格卖卖大米，现在眼前的这位是《时尚》杂志的模特，修身的高尔夫球衫紧包着雄伟的胸部，眼睛嵌在精心描画的金色睫毛下，用有鲜红指甲的卷曲手指捏着叶片尖端的黑刺，吃着这种令人难以置信的植物。

出去玩儿得怎么样，玛利娜突然问道，语气也不怎么热情。棒极了，亲爱的，棒极了，里约热内卢真是太美了。糖面包山真是世界上最牛的，亲爱的，它真是最牛最宏伟的。我们扮成黑人，怎么说呢，到处跳康加舞。

1　Mantequilla，波多黎各西班牙语中有海洛因之意。

玛利娜若有所思地看着地面，两手撑在伞柄上。玛德莱妮继续说着，她却仿佛在很远的地方听她说话。你得找个爱好，比如我的这种，她对她说，有点怪但又让人兴奋的，亲爱的，比如玩儿一头狮子的有光泽的浓密的毛。你不知道马尔克·安东尼奥有多喜欢看我亲手喂狮子，他把我关在庭院里，从围栏栏杆间把生肉一条一条扔给我，好让我喂它；他特别喜欢看鲜血流过我的肚子，喜欢看我大腿和胳膊上淌着的石榴色的河。

　　玛利娜打断了她。他们说胡安·哈克伯的情况还在恶化，她像是对着空气说的。我还不能去看他，他们不让我进医院。但玛德莱妮并不听她讲，继续在她高高的主教椅上谈着自己的话题，仿佛在自言自语，你也和马尔克·安东尼奥去旅行一次吧，亲爱的，我给你让位，我发誓，我一点儿都不介意，俗话说，得让出鸡翅才能吃到鸡胸脯啊，我知道你为了和他一起旅行都可以去死。玛利娜没有搭理对方的影射，但却突然觉得很累，被那无穷尽的疲累压得喘不过气。这些就像是一个梦，她自言自语，我的全部生活正像眼前所看到的，她着了魔似的一直看着那张被唇彩涂得鲜红闪亮的黄油嘴在她眼前动个不停，仿佛我还在跳舞的那一晚，还在箱子里，看着世界运转，遥远而光鲜，被涂上了一层清漆。她转身走出了房间，留下了词还塞在嘴里的玛德莱妮。

　　关于狮子的消息很快在镇上传开。镇长试图劝阻马尔克·安东尼奥想把它留在家里的意图，但却没能成功。蓬塞是座狮城，他说，石膏狮吐喷泉的彩色水，铜狮勇敢地守卫银行大门，毛毡狮在球场上战无不胜，我拒绝把狮子退回去，不然便是对这城市盛名的莫大侮辱。于是他在四处都建起了围墙，把原先遍布阴凉的花园变成了一座反射阳光的巨大的水泥手风琴，把房子变成了一个复杂的视觉陷阱：客厅由玻璃蜘蛛照明，到处都是用来进行谈话的长沙发，在它们所围绕的中心，放置了一个贝壳形的粉色浴缸，旋转楼梯一直通向空空如也的阁楼，它的扶手上布满无用的银线雕花几何纹饰。有时，一个人突然打开一扇门，会面对面碰上另一扇门，有时，他打开门会进入一个有白色螺旋铁饰的庭院，它在太阳下散着光芒，仿佛女王长袍尾端的蕾丝刺绣。狮子温顺地拖着尾巴，在他们之前指定给它的屋子之间穿梭，玩着鸭绒球，饶有兴致地在从巴黎带回的茶色镜子前打着哈欠。

看到小叔子把家变成了一座迷宫，玛利娜想，对他来说，拥有那头动物绝不仅仅是为了给情欲生活增色。她明白，马尔克·安东尼奥完全可以说，这整座镇子都是属于他的，从地下赌博游戏到彩票的开奖罐都属于他。他刚开始做生意时，把用羽毛装饰的木盘挂在乞丐的脖子上，以三倍高价叫卖彩色小梳子。后来，他买下了所有亮蓝色的街头餐车，车上卖的冰沙堆成锥形，又细又高，用漏斗使劲压紧实，盖上覆盆子，便是一座解渴的金字塔。不过，逐渐侵蚀掉河谷两旁起伏如驼峰的绿色山坡的水泥厂才是真正让他富起来的生意。玛利娜猜测狮子与他不断上升的野心有关。它是大浪的卷，是他王冠上的最后一颗宝石，是他权力的象征。

看望过玛德莱妮后不久，玛利娜梦见自己在庭院尽头的那棵雨树下睡着了。她睁开眼，看见床边落满了合欢花，花丝正柔缓地跟着她的呼吸节奏摆动。她又睡着了，感觉有一种芳香的液滴从她的皮肤划过，仿佛是玉化成了水。叶片的轻抚唤醒了她，她向上望过去，惊奇地看见雨树正在她的上方哭泣，任泪水从叶片苍白且布满绒毛的背面滑下。她并没有害怕。她已经独自一人在那栋房子里睡了那么多年，已经没有什么可以吓到她了。无论醒着还是睡着，她看什么都无动于衷，带着那种让她刀枪不入的冷漠，因为她已什么都不在乎，永远地披上了自己玻璃罩般的皮肤。在最高的树枝上，她看见了一只金刚鹦鹉在愤怒地吼叫，它口吐蓝火，烧掉了一大片树叶。整棵树都像是要被点着了。

当玛利娜给马尔克·安东尼奥讲起自己的梦时，他对玛利娜说一定是她先前在哪儿读到过这样的故事，从征服美洲的时代起，这棵树便因在夜间分泌脓液而颇为有名，所以，前人都会避免在它的树冠下睡觉，说早上醒来身子会沾上蝉的粪便。一个下午，一位乞讨者从大宅门前经过，于是她见到了这辈子所见过的最美丽的金刚鹦鹉，那时她已经把之前做过的梦忘记了。她看见它在一个棕榈杆编成的笼子里蜷缩着，显然，这笼子对它来说太小。她看着它被损伤了的羽毛，起了同情心，便把它买了下来。玛利娜随后立即放了它，望着它不明所以地在院子覆满尘灰的小树林中自由地飞上高空。

几星期后的一天，她起得很早，看见阳光很美，便决定自己修剪一下爬上她窗户的玫红色三角梅的枝叶，它紧贴着墙面，仿佛一片盘根错节的鲜血杂草丛。年复一年，那是唯一一株在尘埃雨中幸存下来的植物。也许正因如此，它变成了她最喜欢的开花植物，所以，她几乎是带着崇敬的心在修剪，每次在一个将来会抽新枝的节点上方剪下一根枝条，每次有期待的雨水落下，她都会记起她爱的人们身上逐渐出现的紫色脓疱那轻微而透明的颤抖。他们已经都死了，她的父亲、他的母亲、她的哥哥。只剩胡安·哈克伯了，但她感觉他越来越远、越来越不可及了，仿佛他也正在她的生命中死去，在白色的担架上与她隔开，从浸在乙醚热汽中的走廊离她而去。头顶上一簇花蕾动了一下，她抬起了头。她看见狮子正在离她很近的墙头试着保持平衡，一半身子隐在三角梅浓密的枝叶里。它项圈上的宝石反射着阳光，瞬间晃住了她的眼。她像在梦中时那样望着它，过了一会儿，就转过身去，继续修剪那血淋淋的花簇。

　　狮子从墙头轻轻跳下，跳到了丰美的草上，草挺立着，聚成一堆一堆，仿佛一丛丛石英的多面体。果园里满是沉重的树叶，被尘雾间的阳光热度催熟的、冒着香气的果实让它们不堪重负。金黄芒果浑圆的果实、番荔枝长满刺的果皮、马米果珊瑚色的粗糙果肉、枇杷与释迦的糖蜜，在花园中心滋生了玛瑙色蟑螂的窝，整个果园里有一种黏密的、乳状的、带着果香的液滴在降落。没有任何人会来这里。出水口会间歇性地喷洒水的霰弹，花园的静谧也会间歇性地被打断。狮子把头从爱神木的栅栏和蓖麻丛中探出，观察着继续冷漠修剪枝叶的玛利娜。就在那时，它看见了从雨树上飞下来停在圆形空地正中的、水雾彩虹间的金刚鹦鹉。鹦鹉张开喙，蜷起爪子，来到了狮子面前。一掌便足够了。短暂的筵席过后，它用鼻子拱了拱零落的羽毛，躺在草丛中伸展开了身体。

　　马尔克·安东尼奥一面大叫野兽逃跑了，一面赶了过来，那时，玛利娜还留在原地。那些她逐渐剪下的花簇落在她周围，在白色的地面上颜色越来越浓，形成了一条将她的脚染成紫红色的小道。她注意到，在端着口径45毫米的步枪靠近狮子时，她小叔子的腿抖得厉害极了。不用靠得很近便可以看出，它已经死了。玛利娜继续修剪着纠缠的枝叶，这时，突然感觉到了马尔克·安东尼奥的抚摸，我的全部生活正像眼前所看到的，她再一次对自己说道，遥远而光鲜，仿佛被涂上了一层清漆，完全像是一个梦。

两人睡在了那一潭灰尘之上的花蕾间，像是睡在了自己的鲜血中。他们在三角梅仿佛中国新年鞭炮的酥脆的火焰中缠绵，直至天明，她把玫红色丝绸纸样的花苞绕在他脖子的周围，与他嬉戏，想向他展示以前的人是如何做爱的，只可惜后来他把世界变成了石膏雪的天堂，变成了一片可以被打磨的海，变成了青金石草原，变成了一潭腐臭的死水，池边还装饰着闪亮的箔片。他们在三角梅有尖刺的花簇间翻滚，就像在绺绺白发间滑行，他们全身覆满蝾螈的鳞片、紫貂的皮毛、白化病鱼的呵气和天使的头颅，尘土聚成无尽的白鼬毛，在他们赤裸的身体上流淌，他们相互欣赏对方的欲望与鄙夷，为对方戴上了圣周五的王冠。

当天晚上，马尔克·安东尼奥的宅子神秘地失火了，几天后人们才找到他们。两人被埋在庭院的废墟之下，由三角梅裹体，身上覆着尘土，被钉死在无数尖刺上，遍布全身的紫色脓疱正开始盛放。

被冒犯的月亮

被冒犯了的　破碎的我

在夜半坠落

哦！裂成万千残片

从鲱鱼眼中穿过

它们正惊慌逃窜　因为你只用一个手的动作

就将水划破

我是白色的撞击

平静地划过空无的缎面

我完满浑圆　在那条镶花边的容易的路

升起又降落

我是宫殿里被塞满

棉絮的女孩

从我月食的右眼经过

我有完美剪裁的棉布肚子

和微笑的玻璃脸

巨大的纸蝴蝶

乌鸦聚居地的飞行者

永远都在路过

至上的火焰

旋转

为我柔软的牙龈

一颗一颗安上铁丝尖牙

用我疯子的高傲

为天空抹上淌血的微笑

无法被捕捉的我从那儿走过

在我的圆盘映出你的疯癫

路旁的你的生锈的残手

尿出凤凰树的血

野火药的蓝色石首鱼

在那里游弋

你伸直手拦住了我

像拦住任何乏味游戏中的一颗小球

但我不是那个穿百褶裙的小女孩

也不是腐朽厅堂里的老鸨

你开始为了那种味道慢慢咬我的皮肤

寻找

在秽物堆里变甜的肉体

但我的肉是玻璃

划破了你的唇

现在　用铁丝的牙齿　我将你撕碎

如同你撕碎我

这台战争机器

来吧　爆炸吧　按照你的节奏

你毁灭我便毁灭

我的心是睡着的玻璃做的

一个魔法盒

白雪　海船烟囱　包裹于碎屑

旗帜凶狠地飘动

在夜间嘶叫

但我们在里面　在远处

一起扫平了所有高傲

缎面的里衬

镜子的里衬

在我们用手指扯碎的一束束铅丝之中

暴力的鱼群透着蓝

白雪海船烟囱　从很久前就被困住

死在了同一场战争里

我们都被冒犯了

在夜　我的夜　我们的夜的一半

我决定偷走你的这一行诗句

果核项链

现在，我看见他们最后一次围坐在饭桌旁，自信地用手吃吃喝喝，当甜品上来时，你母亲拿起银勺，把蓬松的裹着白色糖霜的磅蛋糕切成了均匀的几份，之后又用指尖试了试甜蜜金黄的表面，确定它的湿润度是否合适，接着才开始庄严地把它分给大家。只有我才知道这磅蛋糕的制作方法，他们仿佛在从空洞的喉咙底部把话吹出来，是从我母亲那里继承的菜谱，先打蛋黄一百遍，把它从深黄色打到柠檬黄，然后再打蛋清，直到它硬得可以被刀干净地切开，他们说着话，动作从容，用嘴巴造着缓慢的没人会听的词句，之后，要控制好手，非常小心地滴入几滴缅栀花乳，为那奶油状的一团加入些许芳香，接着把所有东西都倒在模具上，她仿佛不在我们的眼前，而在一个很远的地方，歪着脑袋，不停造着像干果皮一样粘在她唇上的词句——她从很多年前就哑了。无论我们在与不在，她都会以这样的方式说着，看她坐在桌旁，很稀松平常地为大家分甜点，没有人能猜出事实。

在这儿，先生们，请从这儿走，记者和代表团正等着各位呢，都在贵宾休息室。您也一样，阿尔曼蒂娜，请这边儿走。

自从你父亲路过镇子，让她在人行道角落坐下的那天起，她就哑了。他肩上背着吉他，仿佛背着橙色天鹅绒盒中的睡着了的巨型蟑螂，歪戴着帽子，胸前挂着果核和杂草穿成的项链。他什么活儿都干，扛沙包、给人家的车加汽油、在街上卖报纸，但一到下午，他就会坐在广场的一角，小心翼翼地拉开吉他盒的金色翻盖锁，接着，像打开一只酣睡中的圆轴蟹的嘴一样，用指尖抬起锁盖，随后，再打开盒子，从里面拿出吉他，咧出一个大大的微笑，这时，乞讨的小孩们就会跑过去把他团团围起来。而她，每天下午都会从家里溜出去，去听他的音乐。一位夫人坐在人行道上，谁能相信呢？整个镇子都在议论，但她却像疯了似的，只顾歪着脑袋去听，一开始，那吉他仿佛只是哼吟几声，懒散地动一动背上的翅膀，随后，它会突然开始吞下所有叶片、所有在天空疾飞的小鸟，乐音从他逐渐扣紧、咯吱作响的指尖不停涌出，划过了铝制琴盖冰冷的曲线，仿佛划过了另一片天空的拱顶。

空调吹裂了我的脸。这里挤进了乌泱乌泱的人群，他们都喝着酒，还有一些爬到了另一些的背上，皮椅、铝桌腿，我的皮肤会红肿，不用了，谢谢，我不喝，我平静地坐在长凳沿儿上，等待你的到来，阿尔卡迪奥，他们也在焦急地等着你，希望看到你安然地待在平静的铝制曲线中，在他们的掌控之下。而我只想再次看到你的脸，知道那是你，知道你已经回来了，为了自由，为了可以最终成为我。

后来，你母亲开始疯狂地跟着他到各处去，完全不顾邻居们的闲言碎语，他们的嘴一点儿都没闲着，让她的丈夫像炭火上的猫一样备受煎熬。跟着戴帽子的歌手哼唱真让人高兴啊，他会随意选个时间在街角坐下，然后开始唱歌。她已经彻底疯魔了，一点儿都不在乎别人怎么看她的厚颜无耻，您是个备受尊敬的人，得做点儿什么结束这闹剧啊。但是她并不在乎，继续在每天下午去听他唱歌，仿佛整个世界都冲出了窗口，仿佛太阳从内到外掉了个儿，仿佛她正和他走在另一个远离镇子的世界的路上。

你以为你是谁？太蠢了，和那个粗人走在一起，到处溜达，就想听他和你说你今天真漂亮，像橱窗里的模特似的，我现在就要把你轰到街上去，我得考虑我的名誉，考虑咱们家族的名誉。但你母亲觉得一切都不重要，那座挂满了从来都不点的大烛台的豪宅里面的寂寞更不重要。现在你给我把这些文件签了，上面写着，因为你的心智不足，你的股票由我来继承，光亮的木地板，踏上它的只有高跟鞋和裹在长筒丝袜里的肥硕的腿，这里的一切都和从前一样，仿佛什么都没有发生，如果非让谁说点儿什么不同，大概就只能提一下光滑的桌上那些空空如也的闪亮玻璃果盘了。但她完全不在乎，一听他唱歌，仿佛其他一切都湮灭了。

爸爸，记者们想和您说两句。先生，请告诉我们，根据不同党派进行的最新调查，您如何看待您可能的政治前景？先生们，现在我非常平静，我一直相信这个镇子的民意，用直觉应该就能知道，谁是最好的候选人。爸爸，他们在宣布航班的降落。泛美航空向您播报，我公司747号航班已经降落，出口为8号。咱们得过去了，您也得一起，阿尔曼蒂娜。

那一天，她出门去找他，但在哪儿都找不到人，于是便坐在了广场一角等他，在那儿坐了一下午，但却没有任何人来，第二天，他回来了，衣服很脏，眼睛也变形了，伴着几抹瘀青，当时她坐在人行道的同一个地方，泪水穿过喉咙，仿佛一根取不出的骨头，她用裙子裹住膝盖，好像觉得冷似的，眼神涣散，像是要永远坐在那里等待。后来，浑身脏兮兮的孩子们中的一个靠近了她，对她说，他走前把这个留给了您，说着，把果核和杂草串成的项链放在了地上。她拿起项链，从街角站起来，回到了家里，从此，她变成了一位模范妻子，但是却再也没说过话。

先生们，一颗子弹穿过胸膛，他当即死亡，正如诸位理解的那样，这对我们来说，是极其可怕的灾难。

那一天，我们所有人都围绕在你母亲的身边，她便明白自己要死了，但却一直在微笑，露着她小瓷盘般的牙齿，她的微笑清晰浑圆，仿佛法律的金圆环，将我们所有人最后一次聚在一起，那时，她用手指示意，那个桃花木的盒子，阿尔曼蒂娜，请帮我带过来。她一件一件地拿出珠宝，石榴石耶稣受难像，安东尼奥，我的孩子；洋葱手表，米盖尔，我的孩子；后来轮到了你，阿尔卡迪奥，你一直看着你的母亲，仿佛要用眼神吃了她似的，你金龟子样的眼睛，在她的脸庞爬上爬下，用它的细腿抚摸着她。阿尔卡迪奥，我的孩子，果核和杂草串的项链，戴上它，我想看看你戴那颗星的样子，你应该一直把它挂在胸前。你的昆虫般的目光躲进了你的眼皮里。你的母亲死了，阿尔卡迪奥看着她，他的样子就好像刚喝完一杯水，缓缓把手放下，眼睛一直盯着空杯子。她死了。大家都哭了。阿尔卡迪奥，该走了。

我那时与现在一样，坐在记忆尽头的一张椅子上，想着，也许你会走，但是有一天总会回来。

葬礼过后，所有人都坐下喝了杯咖啡。爸爸，阿尔卡迪奥说，给他留的那份儿遗产他没兴趣，让我们把它拿走，任意处置。阿尔曼蒂娜，给我再来点儿奶油。那孩子永远都会是颗迷茫的枪子儿，每家都有一只黑羊[1]啊，用那笔钱能干些什么呢，可以弄很多好工程，一座养老院、一间贵族女校、镇子中心的一个小广场，配上很多长凳，上面都写着妈妈的名字。阿尔曼蒂娜，我还要咖啡。

安东尼奥、米盖尔，请上前来，阿尔曼蒂娜，您也过来，他们要把他从空运货物仓库带出来，一切都已经

1　黑羊，Oveja negra，意为一个家庭的孩子们中与众不同的那一个。

准备就绪，记者和代表得在现场，这真是做公众人物的坏处，还处在最可怕最悲哀的时刻，就完全没了隐私，他们已经在卸箱子了，爸爸，你看见了吗，在那儿，他们把它抬过来了，是铅灰色的，朴素得很，但也算体面，这样全镇就都能看见，咱们是很好的人，在一切方面都比较节制。

那一天，服侍完餐桌后，我回到了自己的房间，你在里面等着我，我要走了，阿尔曼蒂娜，你对我说，现在我在这个家里一刻都待不下去了，妈妈，我的上帝啊，他们把她折磨成那样了。我要去纽约了，等我找到工作，就给你寄一张机票。但是你从来都没有寄给我。我承受不住那些回忆。我躺在那张床上，它曾被那么多的温柔所包围，甜蜜得如一位贵妇。我的天啊，这么多护士，这么多神父，这么多修女，这么多祈祷，我一点儿都不想知道他们会对那个身体做什么，我的兄弟们说要请殡仪馆的人给她化妆打扮好，不能让来排队参加葬礼的人看到她这个样子。他们会给她身体里塞些什么啊，上帝啊，太可怕了。他们会扔掉她所有神圣的东西，再给她塞上破布。得把殡仪馆最宽敞的大厅租下来，好装下所有人，所有顾客和政治伙伴都会来看她，实际上，全镇都会来。花环都会装在一个有七道锁的桶里运来。我肯定，来的人数会超过一百，在这个家里，我们不能为她守灵，不然之后一辈子都会记得那个放在铺浮雕纹样地毯的客厅里的敞开的棺材。等咱们有访客时，咱们要给人家送上柠檬水和番石榴膏，最重要的是得送上那种香味。

米盖尔，我不觉得我们应该开箱，已经很多天了，尽管是低温箱，他也有可能腐烂。

不要哭，阿尔曼蒂娜，我肯定会给你寄机票，现在你是我的妻子了，上帝啊，怎么有股很甜的香气，是熟透了的肉味儿。在吃鹿肉的餐厅里，他们在料理前会先把肉放在那儿让它腐坏，变软。他坐在桌旁，吃下鲜美多汁的·口，同时闻着用钉子挂在厨房门后的第二天要吃的鹿腿。阿尔曼蒂娜，上帝啊，我想吐，把它从灵魂里吐出来，因为它事实上是野生的，在他们敲碎它的脊柱之前，它无时无刻不想从家里逃走，但当他们真的敲碎它的脊柱时，已经太晚了，因为它已经越过栏杆逃跑过了。

记者先生们想知道，我们所有在这儿的人都是谁，还有我们一家人因悲伤而聚集在一起的感觉。

是的，先生们，我们一起来接我的儿子，孩子们的兄弟，我们全家都到了。还带来了阿尔曼蒂娜，她就出生在我们家里，做了二十年的仆人，我们都把她当作这个家的一员，但很不幸，她不能回答任何问题。

那天早上很冷，阿尔曼蒂娜，皮肤不由自主地往骨头上贴，但你没有穿外套也没穿毛衣，光着手臂，坚实有力的肩膀像敲鼓般推着空气，想冲出苍白无力的裹不住它们的布料。你无声地走在街道的中央，头发像一片乌云般贴在你的头上，你拒绝戴任何头巾遮发，连衣裙领口之上的脖子挺得很直，那裙子是你为这一场合特地借来的，不合身，太小了。

安东尼奥，爸爸，请在箱子旁边这里停一下，阿尔曼蒂娜，您往后一点儿，谢谢，他们想给报纸照张相片，不能漏下谁，要让全社会都知道，悲剧会降临在所有家庭身上，还有就是，死亡并不是丑闻。

阿尔卡迪奥，我在你的身旁，走在街道中央，那么长的时间里我第一次觉得这街道是我的，之前我不敢出门，害怕人们指指点点，看啊，她在那儿，和家里的仆人结婚，对他可怜的父母真是大不敬啊，让整个家族蒙羞，而你，胸前挂着果核和杂草的项链，胳膊下夹着熟睡蟑螂的吉他，歪戴着帽子，就是帽檐歪过去的那一边最惹人厌烦，仿佛你是个无赖，特意把那一边凑到人脸前让人看。其实，他们厌烦只是因为看到你和我挽着手臂。

爸爸，记者们想问您几个问题，他们想知道阿尔卡迪奥是怎么被杀的，有关报道说，他当时正在打劫东哈莱姆的一家破酒馆，结果被围捕了，当然了，在东哈莱姆什么时候都有抓捕行动。最后收银台里一共只有十五美元。他可是一个大户人家的儿子，经济上也很富裕，他们想知道您认为这一丑闻会影响您的政治事业吗？会影响您赢得未来选举的胜利吗？

我儿子当时没有在抢劫。从来都没有少给过他钱，每月初，我们的办公室都会给他打过去，虽然他没有做任何正式的工作，我们也不知道具体发生了什么，我想他当时应该在离事发地很近的地方，警察们正在围捕一个抢劫酒馆的罪犯，命中注定，他在那一刻走过那里，被流弹打中了。他是我最小的儿子，家里的幺儿，我现在当然沉浸在哀痛里，但我不觉得这和我的政治事业有什么关系，在这一刻，我感觉很欣慰，我知道全镇的人都在与我们·起悲伤，大家现在比以往任何时候都更有动力，愿意在投票箱中表达对我的坚定支持，不管怎样，悲痛会把人民与他们的领袖团结在一起。

你在那儿待了六个月，我怕你饿死，偷偷把工资寄给你，你本以为靠唱歌就可以维持生活的。后来我才知道，你还工作过，在超市里给货物打过包，送过报纸，刷过盘子，就在生活快走上正轨时，你的父亲从银行退休，开始在政治竞选中获得成功，他在镇上的影响力很大，照片每天都会出现在报纸上，你的哥哥们也参与进去了，整个家庭都高兴得飘飘然，直到收到那封电报。大家坐在桌旁传阅着它，仿佛那纸条烫手指似的：**别做美梦了。钱和权力，你都玩儿得太过了。**从那时起，打到纽约的长途电话就没停过。

现在，所有人都拖着脚步走向箱子，我也攥着拳头往那边走，后来松了一只手，把它放在了铝箱冰冷的弧线上，就在那时，我双唇间的缝隙开始活动、喘息、咀嚼，试图打破那沉默。

调查一次接一次地进行，但却他妈的没任何结果，那些蠢货探员，为什么在这世上最后什么都得我自己来做！调查再调查，把你的兜儿都掏光了，一点线索都没有，什么都没调查出来。爸爸，他好像是被大地吞进去的，没有出现在任何地方。后来只剩下我这一个线索，他们在半夜进入我的房间，叫我从床上起来，我用双手护着肚子，诸位要做什么？一波波的恐惧向你无辜弱小的儿子袭来。现在咱们来瞧瞧看吧，臭婊子，是谁派你到街上去拿包裹的？你是唯一知道阿尔卡迪奥在哪儿的人，你不会生孩子了，我们要让你流血，像炖梅肉似的血。你不会说话，安冬尼奥，你脱了鞋踹她，我一直忠于诸位，一直相信您，一，上帝啊，不要，二，圣母啊，请庇护我，三，阿尔卡迪奥在哪儿？四，看他们在对你做什么啊，五，肚子上，请不要啊，六，请开恩吧，七，她不想屈服啊，米盖尔，现在你在这张纸上把地址写下来，八，你不帮我们找到他我们就跟你没完，九，米盖尔，放下她吧，她已经说了，她失去意识了，十。

第二天，我起床后像什么都没发生一样，继续服侍他们用早餐。我走近铝箱，把一只手放在了它的一角上，抬起头，看着他们，用我旋转闸机一样的声音刮着空气说了几句话。

爸爸，她说她想要那个项链，在那里面，阿尔卡迪奥从来不把它摘下来。请您理解一下，阿尔曼蒂娜，不能开箱。几天前他就死了，会很难看的。出于健康卫生考虑，也不允许。是法律禁止的。您最好还记得长轿车什么样，它已经在门口等着了，我们走吧。

但我仍旧挤着嘴唇往他们脸上扔自己石子一样的声音，现在，我把两只手都放在了箱子边缘的弧线上，看他们会不会奋力阻止我，他们得拖走我才行。

咱们不能再管她了，米盖尔，她能搞出一场闹剧来，她真的越来越暴力了，昨天的事情后咱们不能冒险啊，谁想出来的要把她也带上？我操他妈的，你们之前就应该用六氯酚给她洗脑，请退下，各位，这场面会过于吓人，尤其是那味道，请退下吧，我已经说了，所有人都请出去，所有人都出去，这完全是我们的家事，现在我跟诸位说，都快走吧，可以，阿尔曼蒂娜可以看他，爸爸，冷静一下，她脑子有问题，全世界都知道，她什么都不会明白的，尤其是那味道。

我一点一点打开箱盖，仿佛一个用杠杆把梦撬开的人。我最后一次见到了你，用眼睛扫遍了你被乱弹射中的脸上的窟窿，抚摸了一下你已不成形的额头，随后移开了手，从你的胸口拿出了那条项链。

如果被人知道了呢？没人会理她的。

我最后一次看了看你在箱底的平静面庞，同时也看到了他们最后一次围坐在餐桌旁的场景，我得看着他们在我的服侍下自信地吃吃喝喝，我把餐盘端上餐桌，真好啊，阿尔曼蒂娜已经平静下来了，平静得让我们都爱她，我看看，今天的甜点是裹白糖霜的磅蛋糕，是母亲的菜谱，阿尔曼蒂娜，您真是太出色了，像我们家的一员，您要永远和我们在一起。他们都高兴地看着我，因为现在只有我才知道它的制作方法，先打一百次蛋黄，再打一百次蛋清，直到它可以用刀干净地切开，接着，再加入慷慨剂量的缅栀花乳。现在，我把蛋糕均匀地切开，分给了众人。所有人都把叉子刺入了蛋糕，随后又把它送入了嘴中，接下来，上颚触碰着危险，叉子噼里啪啦地落在了盘子上，他们试着站起来却站不起来了，我还在看着你被谋杀的身体，现在他们两手抓着喉咙，仿佛里面有溃烂的石灰，他们咳嗽着，绝望地想把那折磨去掉，但他们做不到，那金黄甜蜜的沙子已经渗入了他们的血管直至其尽头和所有角落。一切都浸在了红色里，因为下午已经过去了。我冷静地把你从心底放下，坐在了人行道上，看着那些身体被运走，看着那些脑袋在盘子里滚来滚去。我终于从坐了许久的街角站起来，走在了路中间，把在我面前打开的这条路走成了自己的，因为我现在能确定，你不会再回来了，我可以平静地走了，唱着歌，走着，用这条消失在远处的路。你送我的项链上，那杂草和果核所编的星星终于在我胸前绽放开了。

间谍

你不用担心　和我们

坐在海水般涌动的草地上

你不用担心　因为我们

已到达被困之城

在围攻者面前　它消失　如海市蜃楼

过了那么久

他们的力量在削减　围城者甚至开始怀疑

铍与孔雀石的街道

怀疑第四十二与第五街之间

黑色天鹅绒上装饰皇冠的非洲冰雹

怀疑死去女人的玻璃柜

她们在柜中打网球　跳舞　旅行

穿着从指尖如脓液般泌出的蕾丝

波斯小孩

甚至开始怀疑这城池是否真的存在

因此　我们将你派去

不用担心　我们已熟识战略

只有我们才知道　如何令那颗星旋转

现在它一动不动

仿佛被抛弃在公园的一辆自行车的轮子

只有我们才知道你的身份

我们已为你缝好斗篷　织好长袜

在你胸口置放保佑你的金龟子

往你的手里塞了钱币

好让你把它压在舌底

现在　我们望见了城墙与炮楼

靠拢过去　掩护你上岸

挡着风　掩护你上岸

我们怕风刮倒你　但你却把它折弯　如铁丝钩般夹在了

臂膀下面

像以往那样慢慢走向前

你离开我们　我们留下

等待

你为沾了松节油的眼送上洋艾酒

不停啜饮缅栀花乳

在城墙旁徘徊

拖着你毫不在意灰尘的长发

任长矛将你在柏油马路上的影子射穿

听恶狗因垂涎你的肉而狂吠

你在城墙周围

把一串串念珠弄散

现在你向河水走去

为了找城门　你已经太累

你的脑袋摊成一团棉花

水不停向你砸来

吞噬着旧的泡沫

叶子贴着你的眼　和你石膏般的唇

你睡着　顺着河　流入了

未被驯服的城市

那时　你将登高举起你暗河图样的盾牌

和你女英雄的柚木木剑

你会走出去

开始对伏特的朝圣之旅

穿过街道　建起桥梁

从肮脏的窗户探看

了解人们不同的习惯

几点睡觉　几点工作　几点吃饭

何时瘫倒在自己的精液上面

他们爬上所有的高楼大厦

所有的导弹

所有的公共汽车而后再下来

抬上去擦鞋人的木箱再抬下来

可是即便你想　他也想

你都没有皮靴

但你仍要继续行走

像愤怒地等了很久的电话　一直无人应答

后来信号灯的眼　砸落在你身上

红黄绿点燃

又在它眨眼的间隙熄灭

后来纯粹知识的痛苦开始击打你

从你的后颈进入又从舌头冲出

后来它强迫你停下

强迫你从自己的肚子爬出来

为我们打开大门

那时　我们将一起进入那城市　转起我们的星

我们将点燃那城市

拥有那城市

占领那城市

用一块一块石头摧毁那城市

直到它消失　并存在

梦与它的回声

你梦见了什么？给我讲讲你的梦吧。

我母亲的身影映在了镜中，映在了那个长方形的平面上。光同样穿过了我的梦，它的目光让我调和了内心的分歧。这段时间，我满足于这平整光洁的平面，这完全可以预测事物样子的平面。我发现，它是唯一可以避免恐惧的方法，可以让我待在一旁，任恐惧从身边过去。

你梦见了可怕的东西。我可以从你的眼里看出来。

我看了看镜中的自己，看见我拉着妈妈的手在走。外面倾盆大雨，猛烈得像闪电把我房间窗前的棕榈树劈成两半的那天，当时，我在裂开的树干中看见了嵌在里面的堂娜安娜·德兰洛斯白到令人难以置信的身体，她是我们那里第一位赤足加尔默罗会修女。

妈妈把我带到外面，房顶上的水流极速落下，扼住了我的呼吸，白铁的管道在屋子一角吐着水，妈妈说，在剪头发之前，用它来洗头最好，可以让头发柔软顺滑，仿佛新生，像刚从冈萨雷斯·帕丁商场发廊走出来一样。她用毛巾把我的头发擦干，从桌上拿起长长的托雷多钢制剪刀，把食指与拇指伸进两个孔里。她从肩膀的高度、从丰满的小臂曲线处控制着剪刀；她在我的后颈上缓缓地移动它，仿佛那是两把冰冷的匕首。她开始小心细致地剪我的头发。

我看你在想事情。你梦见了什么？

妈妈的身影映在了镜中，映在了那个长方形的平面上。我看着自己房间镜中她的影子，那形象仿佛幽灵般向我袭来。她站着，停在我身后，给我剪着头发；同时，她也站在我身旁，与我一起在墓园。我清楚地闻见被腐蚀的长椅、颓败的百合、我叔叔墓地礼拜堂中被精液染脏的桌布，我们每天下午都要去那儿祈祷。我的目光已经在那墓碑上、脱线的桌布上、潮湿朽烂的长椅上扫过了那么多次，甚至感觉要用力撑着眼皮才能再次望向它们。不时有欲望侵袭过来，让我控制不住地想从自己坐的地方站起身，将手埋入那映出我们两人的镜面，好去摸摸妈妈的眼睛，好去看看自己是否得闭上眼睛。

孩子，你在想什么？告诉我。

在望着镜中的她时，她目光的镜像耀盲了我的眼。消失点：睁眼做梦，已经把脚塞入了马镫。不久，诵念三钟经的钟声、修道院食堂的铃声就会响起，妈妈和我将要从这如旋转木马般漂浮在祭坛上的玻璃柜中走下去。我们将远离那里，在相同的红色圆盘上转圈，镀镍的脚踏板让两人轻而易举地前进后退。我们身着黑衣，肩并肩地骑行，风将裙摆裹在了我们的大腿周围，让飞速的布料沙沙作响，一阵阵、一束束的风簇着黑色的布条抽打我们耳光。我看见了我们两人，穿着垂至脚跟的女骑士长袍，艰难策马，穿山越岭，总是偏离道路，趟进愉悦或痛苦的神秘，或是废除掉无名指所代表的一切。

你脸色很苍白，孩子。告诉我你怎么了？

我们一起在墓园的家族墓碑间、在被烧毁的灰色旧石膏天使雕像——黑污泥从他们的背上流下来——间走着，在铁铸的玫瑰、荆棘王冠、铁链、奴隶间走着。在某一刻，松针摇摆着沸腾起来，一种流淌干涸血液的破碎天竺葵的气味侵入了我的嗅觉。我们越过铁栅栏，从一座坟跳到另一座。那栅栏很矮，像是一排排黑色长矛，被这里那里的白石膏罐截断，罐子里装满了散着圣洁与污秽的恶臭的百合。我们跑下在梦中造访过许多次的家族墓地的石阶。四根黑色花岗岩石柱，嵌着铜质门环的墓碑，花环上缀着一些绸带，拖在地上，上面的字迹被霜盖住了。我们脚步的回声远远就能听见，在松针里变得蓬松柔软。我们慢慢地向下走着，并且越来越慢，一直走到隔断的门前。妈妈走上前，让我在墓穴口等待。她的黑裙的皱褶堆在脚边，仿佛一个阴郁的水塘。她在墓碑前静止不动。她看着我。她看着我，正如我看着你。

会是我吗，孩子？你确定不是你自己？

信

我停在大道的一角，读你的信，想从我指尖逃走的你的信。天太热，不可能回去了，你说，我们的岛是一座玩偶之岛，它就要因化油器的热气而蒸发掉了。我停在大道的一角，把自己的痛苦和一罐紫药水搅在一起，整个嘴都染成了紫色。它有些腐烂星苹果的味道，当我们的脑袋在躯干上腐烂，舌头便会贴在上颚上。不可能回去了，你说，我们的国家是一个玩偶之国。谁是我们的英雄？北越释放的囚犯从喧闹的大道上经过，穿破布的玩偶、矮胖的主教、不倒翁，从北滚到南，风的玩偶，大海—阳光—芭比嫁给了阳刚的大吉姆，还有很多塑料玩偶。我永远都不可能回去了，他对我说。你对我说，匹诺曹，你永远都不会回这个费雪公司制造的玩偶之国。

最可怕的玩偶是那些行政官，你说，你永远都不可能摧毁他们。缅栀花乳很黏稠，如同漂亮女人快速经过时，街角流淌的无用精液。她们有办公室头、桌子胸、铝腿、铬椅配红皮靠垫、红牛睾丸，为的是去放松行政官们（被行政了？）的脑袋。我也不知道为什么要到这里来读你的信，站在这城市跳动的心脏——人民银行——对面，被行政官玩偶、纯白金 stainless steel（不锈钢？）士兵包围，身边全是盔甲，晃得我睁不开眼，行政官玩偶永远穿着灰色衣裳，现在他们都从办公室走出来，因为已经下午五点了。

裹着布满黄色小鱼的标语，我跳进海里。小鱼安静地碰撞着我，环绕我身体如波浪般游弋。它们在我的腋窝下穿梭，于我的两腿间穿行，这些金色的鱼让我发笑，因为你害怕那些行政官玩偶，但是我不。他们办公室里有很大的玻璃鱼缸，我从这里看得很清楚，他们就站在海岸边，看着我，一次又一次地把手伸进鱼缸，试图抓住金色小鱼，但它们只需尾部一甩，长长的烟雾鱼鳍就会在对方的指间消散。我笑着，看着他们，一点一点钻进水里，舒展开我如桃花木树干般结实的腿，打起小水花，闪出一串亮光。现在，水已经没到了我的腰部，我看见他们绝望地搅着浴缸中的水，想捉住那些喷吐乌烟的章鱼，但手却被染上了紫药水，操，这污渍怎么去不掉。

我拿着你的信走到了大道中央，它想从我的指间逃脱。如金属鱼一般的校车在我身边像闪电一样闪过。我们是一个玩偶之国，你说，我们没救了，氪气冲的玩偶在跳跃，永远圆圆的、粉粉的、矮矮的，堂[1]巴布罗、主教、市长、阳刚的海员，摇着灰耳朵的巨大飞象，安静地从汽车天线上空飞过。现在我感觉自己的下体正在水下溶解，我的肚子已经被染成紫色，我钻进流动的罐头鱼群，用我结实的腿夹紧紫红色的私处，好挤出越来越纯净的墨汁，现在，我整个身体都被染上了颜色。我从这里看见了那些行政官玩偶正在沙滩表演"芭蕾四人

1　堂，先生。西班牙语中放在男性人名前，表示尊敬。

舞"，他们向我做手势叫我回去，还挥动着巨大的玻璃棍，冲我嚷粗俗无礼的话。

现在你看见堂巴布罗、市长、士兵、阳刚芭比是如何用舌尖品尝浪花的了，他们的下颌沾上了缅栀花乳，他们说，缅栀花乳就是这样的，像个叛徒，他们通过牙缝被塞住的牙齿去喝海水。他们开始跟着我。他们没有别的办法，只能跟着我，一点一点趟入紫罗兰色的水中，他们的身体开始溶解、化掉，变成一种发黄的油性液体，而我的皮肤则开始贪婪地吸收它。现在水已经没到了他们的腰，他们的腰部以下已经不存在了，堂巴布罗、市长、阳刚的海员在圆圆的被斩断的腰身上快乐地漂浮着、跳跃着，而执政官玩偶却仍在抵抗，他们关节上的那些闪着纯白金光亮的合页仍旧在海滩上一动不动，绝望地做着手势，因为他们的丘比娃娃和昂贵的负责广告的天使娃娃已经逃跑，要知道，他们之前投入了多少资金，才创造出了那个**形象**，好贩卖黛亚牌的肥皂、斯伯丁的篮球、英雄的战争和殖民地狂欢节。

但是现在，这些行政官玩偶的下腹部也感到了一种危险的不安。是金色的小鱼再次靠近了他们，现在，他们再也不能抵抗住那诱惑，抓住了它们的尾巴，把它们拿出了水面，小鱼在他们的手掌之上一动不动，迅速萎靡褪色，鱼鳍零落，身体蜷缩，一下子长满了皱纹，把他们的手指弄得湿漉漉的。我哈哈大笑起来，伸展开面前粗壮有力的臂膀,向深海游去。行政官玩偶靠近了水边,手上满是死鱼。他们的意大利皮鞋被弄湿了,一开始还毫不知觉,等发现了才纷纷跳回去,因为每双鞋价值五十美元,而盐水会让鞋面起皮、变硬。不过他们还在继续用目光追随着我。我停在了裹挟着蓝红黄色废铁的水流中,向他们示意,让他们跟上我,让他们不要害怕,在天气过热时,让自己溶化是种解脱,可以把肉体变成有用的东西(比如硝酸甘油),他们现在低下头,又去看他们纯手工密针缝制的鞋尖了,接着,还看了看他们的华达呢裤子,裤线熨得完美无瑕,还有卡丹的领带和府绸的衬衫,胸口还用红线绣有他们姓名的小写首字母。这时,他们抬起头,最后一次看了看我,把发出恶臭的鱼扔进水里,在红色皮躺椅上坐下,任脑袋朝后仰过去,靠在了大枕头上,在那些灰色的腿趟进紫药水之海的同时,他们开始自慰。

天太热了,站在大道中央,我一动不动的身体吸收着发黄的油性液体,它穿过厨房的眼睛,一点一点来到我面前,装饰着人行道的脊背,为下水道的网盖刺上文身。硝酸酯终于要为公共汽车的铬板涂上硫黄的颜色了。街上有面色疲惫的旅人,还有大楼的剪影,这些楼都被线缠在了我的小腹上,千万根最后要爆炸的线,其中只有一根连在了火光之城的侧影上。

舞者

你在跳舞　愤怒在歌唱

一阵漫长　又红如你心脏的愤怒

被风拆开的愤怒　心脏　旗帜

你出生时　他们敲打你的肚子

当你还潮湿　他们就把你裹住

放进摇篮

你母亲把你抱在怀里　喂你喝奶

罗望子和金雀花的奶

你的四肢渐渐长长　像树枝

在有风的夜　你剪腿跳跃

你把自己卷进愤怒　开始跳舞

绝美的舞

在星辰旁

冰冷的空气中起舞

在为庆祝你诞生而敲起的钟的

覆满阳光的橘色钟罩边缘跳舞

那时有人说：有教养的女人不跳舞

于是他们把袖口钉在你的眼上　高跟钉在脚上

逼你卷起袖口　戴上手套

让你坐进红色包厢　叫你看得更清楚

为你举办使用纯银餐具的晚宴

让你吃下自己的心脏

你坐了很长很长时间

脚在桌下搅起旋涡

手在蕾丝餐垫上转起旋涡

同时咀嚼着自己的心脏

用舌头把它转来转去　试着下咽

其他人都要跳舞了　而你在吃饭

五点　牛奶贩跳起舞

六点　戴手套的垃圾清理工跳起舞

七点　清洁工跳起舞

中午　你的妹妹出门

穿着便鞋跳起舞

六点　他们用救护车把她带回家

打开门　她的头垂在外面左右晃动

你站起来　吼叫　我受不了了

呕吐出袖口　鞋跟　珠宝　手套

拖拽着你的愤怒

吼着　我再疼　孩子再哭　我也要跳舞

为了旋转起重机　屋顶的风扇

为了梦中造船厂生锈的铁棍鱼铁板

跳舞

用红色的点标示疯狂的边界

鞋里的脚　血晕一片

我舞出休假中的鞋匠和驾独木舟的人

我舞出撼动大地的黄色卡车

我舞出路标　上面写着禁止停车

禁止左转

禁止掉头

停车

你哭出厌弃下水道的人行道

用一条腿转出特里斯塔娜[1]

在走廊上完成着挥鞭转　用你唯一的大腿

用珊瑚色的扇子　涂过的唇

用迅速跳跃的胸脯　即使那孩子哭喊

伊莎多拉[2]　我不能

停止跳舞

即便没人在意　我何时去　何时回

即便卡夫卡对我说　生活对你一无所求

你来便拿住你　你去便放下你

就在那时　有人打开窗　把胳膊扔了出去

为晚宴转起你的便鞋

1　*Tristana* 为西班牙作家贝尼托·贝雷斯·加尔多斯于 1892 年出版的小说，"特里斯塔娜"亦为该书女主人公的名字。该作品围绕"既不想做情人也不想做妻子的女性"展开，探讨了十九世纪末西班牙社会女性解放的主题。
2　Isadora Duncan（1877—1927），美国舞蹈家，现代舞创始人。

切开下颌　和酒杯的柄

扭曲你红色的愤怒　疯子的脸

在空洞的眼睛里

在桌上舞起你的心脏

睡美人

1972 年 9 月 28 日

尊敬的堂菲力斯贝尔托：

收到我的信您一定很惊讶。虽然我并不认识您本人，但看到正发生在您身上的事时，我唯一能选择的正派做法便是尽力阻止它。事实上，您的妻子并不懂得珍惜您，这样一位善良、英俊的先生，更值得一提的是，您还极其富有。简直可以让世界上最挑剔的女人幸福满足。

从几个星期前开始，我便看到，她每天都会在同一时间经过我工作的美容院的玻璃窗，钻进一个电梯，上到酒店里去。您不会猜出我是谁，也不会知道我在哪儿工作，因为这座城市里塞满了一层是美容院的恶心酒店。她戴着墨镜，用农妇的围巾包住头，但我还是很轻松地就认出了她，因为报纸上她的照片很多。我曾经很崇拜她，既是芭蕾舞演员，又是一位金融大亨的夫人，简直完美。我说"我曾经很崇拜"是因为现在我已经不确定是否还崇拜她。这种化装成女仆坐电梯溜进酒店房间的行为对我来说十分丑恶。如果您仍然爱她，我建议您做些什么，调查一下她在搞什么鬼。我不认为她敢做这样的事，这么不要脸。我觉得，她真的没必要这样无缘无故冒着名誉扫地的风险做什么。您知道，女人的名声就像玻璃，随随便便就会被玷污。

一个女人光正派是不够的，她首先得把它表现出来才行。

诚挚的敬意

您的朋友及仰慕者

她把信折好，塞进了信封，并用写信的同一支笔写下了地址，只不过换成了不好用的左手来写。她从地板上站起来，拉伸了一下整个身体，把全身重量放在鞋尖上，停住了。黑色连身衣也伸展开，显出了胸部和大腿的形状。她朝把杆走去，精神充沛地开始了一天的练习。

1972 年 10 月 5 日

尊敬的堂菲力斯贝尔托：

我不知道您是否收到了之前的信，如果您收到了，那看起来您并没有太在意，您的夫人仍然每天在同一时间到酒店里来。怎么，您难道不爱她吗？那您为什么要娶她呢？您作为她的丈夫，有责任陪伴她，保护她，让她感觉生命丰富饱满，这样她才无须去找别的男人。看上去您是给了她这些的，而她却整天在这里乱晃，像一条无主的母狗。上一次她来，我跟着她上去了，一直跟到她进房间。现在我要履行我的职责，把房间号给您，7B，酒店的名字是"信风酒店"。她每天下午 4:00 到 5:30 之间会在那里。您收到这封信时，已经找不到我了。不用费心调查了，我今天已经辞职，再也不回去了。

誠挚的敬意

您的朋友及仰慕者

她把信折好，塞进了信封，写好地址，放在了钢琴上。拿起一支粉笔，小心翼翼地把舞鞋鞋尖涂白。接着，来到了镜子前，抓住把杆，开始了一天的练习。

I

柯佩莉娅

社会评论

《新世界报》

1971 年 4 月 6 日

上周日，我们的安娜·巴普洛娃芭蕾舞团精彩地诠释了法国著名作曲家莱奥·德里贝的作品，芭蕾舞剧《柯佩莉娅》。那晚到剧院看演出的所有 Beautiful People[1]（他们都是精英中的精英，所以不便详述所有人的姓名）都是高雅艺术的爱好者，对他们来说，那一晚可以证明，BP 的文化生活已经达到了相当的规模。（虽然门票价值一百美元，但全场座无虚席）。很荣幸地，芭蕾舞剧的主角由我们亲爱的玛丽亚·德洛斯·安赫雷斯扮演，她是我们备受尊崇的市长堂法比亚诺·费尔南德斯的女儿，举办演出的目的是为了给国际关怀协会的慈善项目募捐。堂法比亚诺的妻子伊丽莎白·蓓丝身着费尔南多·佩纳的设计闪亮出席了演出活动，在黄色的阳光下，她周身布满纤柔的羽毛，与她深色的头发形成了美丽的对比。在那里，我们还得以见到了罗伯特·马丁内斯以及他的玛丽（他们刚从瑞士滑雪回来），还见到了乔治·拉米雷斯及他的玛尔塔（玛尔塔也身着佩纳的原创设计，我十分喜欢她的新造型，那些珍珠灰的羽毛装饰简直太美了！）。大家都

---

1 英语，意为"美丽的人"。后文中的"BP"为它的缩写形式。

很喜欢剧院精美的装饰以及由凡尔赛花园捐赠给豪尔赫·如宾斯泰恩及他儿子的美丽腕花（如果我说现在他儿子的床是由一辆真正的跑车改装的，大家应该都会相信吧。这是如宾斯泰恩的豪宅中众多趣事中的一件），我们还看到了强尼·帕利斯以及他的弗洛伦丝，她身着凤尾绿咬鹃羽毛礼服，色如碧玉，是莫赫娜的原创设计，灵感来自阿兹特克女性的传统服饰。（看起来，为了这次节目，BP 都已经同意好了，大家穿的都是羽毛、羽毛、羽毛！）作为受邀出席的艺术家，当晚的大惊喜非丽莎·米内利莫属，她之前曾在伊丽莎白身上看见过一枚问号形状的胸针，因为无法抵抗它的美，便托人仿制了一枚一模一样的，那首饰让她闪耀了一整晚，虽然她没有把它别在胸上，而是挂在耳朵上做了耳坠。

让我们回到芭蕾舞《柯佩莉娅》。

斯万伊尔达是位农村姑娘，村长的女儿，她爱上了弗朗茨。然而，弗朗茨却对她没兴趣。他每天都会去村广场，路上总会遇见一位坐在阳台看书的姑娘。于是，斯万伊尔达的心被妒火吞噬了，一个晚上，她趁柯佩里乌斯医生不在，偷偷溜进了他的家，发现柯佩莉娅只是一个陶瓷娃娃。她起了坏心眼，把柯佩莉娅的身体放在了一个桌子上。她拿起一只钉关节的小锤，把她的四肢一点一点敲碎了，在桌上留下了一堆在黑暗中散发奇异光亮的灰尘。她穿上了柯佩莉娅的裙子，藏进了装娃娃的盒子里，蜷着胳膊，眼睛直直地看着前方。芭蕾表演的高潮是这个娃娃跳的美妙华尔兹。渐渐地，玛丽亚·德洛斯·安赫雷斯弯起了手臂，转起了手肘，仿佛她的关节里真的钉上了钉子一样。随后，她僵硬的双腿上上下下地动起来，每做下一个动作之前，都会停一秒钟，随后渐渐加速，直到所有关节都不堪负荷。她开始在房间里令人晕眩地转起来，切下娃娃的头，敲碎钟表，不停用嘴发出一种可怕的声响，仿佛破坏了她背上的发条，让她彻底失去了控制。扮演柯佩里乌斯医生和弗朗茨的演员都呆呆地张大嘴巴看着柯佩莉娅。那一幕，像是玛丽亚·德洛斯·安赫雷斯的即兴表演，一点儿都不像她原本的角色。最后，她献上了精彩绝伦的一跳，令全场观众屏住了呼吸：她跨过了乐池，落在了池座的中心通道，并继续在红地毯上舞到过道尽头，在那儿完成了她的最后一次腾跳，把门打开，像一个星号一样消失在下面的街道。

我们都认为她对芭蕾的全新诠释非常具有独创精神，虽然其他演员都显得十分茫然。

这场表演完全配得上 BP 的狂热掌声。

下楼梯时，她闪电般划过的脚几乎没有着地。套着软皮革的脚轻盈地抚摩地面，绷脚跳上一块黄砖，随后再跳上一块灰砖，接着再从灰砖跳上另一块灰砖。她叫卡门·梅伦柯。爸爸真的爱过她。从一道裂出的水泥砖缝跳到另一道，脚上生光。跳舞是我这辈子最喜欢的事。只有跳舞。她做爸爸的情人时，差不多和我现在一样大。我对她的记忆很清晰。卡门·梅伦柯，在秋千间飞来飞去的杂技女演员，她是飞翔的匕首、飞镖、中国风筝、大气现象。她用牙齿咬着银绳底部，红发在脑袋周围蓬开，整个人仿佛一颗深渊中的火流星，飞速旋转，直至消失。她跳着，仿佛生或死对她来说都不重要。只有舞蹈才重要。她被聚光灯钉在了大帐篷的篷顶，好像一只闪亮的胡蜂在远处飞旋，完全不理会脚下那些惊讶得张开了的大嘴，不理会那些像鳞茎一样被种在她脚下的眼睛，不理会观众屏住的呼吸，和他们如坐针毡的屁股。高层不该允许这种动作的，没有人可以这样高傲地挑战死亡，还是要像普通人一样好好过日子的……她在地上走着，用脚尖一步步地推着恐惧之球。卡门·梅伦柯不去理会，她跳舞时并不系安全绳。她只在乎跳舞，每到节日集会结束，她喜欢去城里所有的酒吧，一家一家地挂起绳子。那些有钱的先生都会在她的身边跳舞，他们把一根手指放在卡门·梅伦柯头上，她便会转一圈。我当时要去蓬塞，路过乌玛考，扭着屁股的男人们都一边扭动一边说她疯了，他们都占她的便宜，水罐里都被尿进了尿。右脚完全平行于地面，一只脚放在另一只前，身体紧绷，弯成圆拱形，手臂向上，试图追上已经溜走的几秒时间，永远追逐脚尖，将所有张力集中在丝带的一端，它支撑着我的

1971 年 4 月 9 日

圣心学校

尊敬的堂法比亚诺:

这封信是我以我们耶稣圣心信仰社区的名义写给您的。您的女儿自幼儿园起便是我们学校的模范学生，今天，出于对她的了解与爱，我们提笔写信给您。我们决不会忽视您一直以来对我们机构的慷慨资助，以及您对我们卫生设施建设的关心，最近您为我们建造了热水蓄水池，不仅方便寄宿生生活，亦可供禁闭忏悔间使用。

看到这周社会新闻报道的照片后，我们得知，您的女儿在剧院身着淫荡的衣装，进行了极其不妥的表演。我们知道，在喜剧中，这样的表演并没有什么特别。但，费尔南德斯先生，您难道已经准备好要让您唯一的女儿进入这个对灵魂和肉体都充满危险的世界？如果失去了她的灵魂，您哪怕是能征服世界，又有什么意义呢？此外，这么多裸露在外的大腿，这么多充满色欲的动作，后背的领子开到了腰，她的两腿又岔得那么开！耶稣圣心啊，我们将要堕落至何处？不能否认，我们一直对您的女儿寄予厚望，希望她有朝一日可以获得我们学校的最高奖项"圣牌奖"。也许您还不知道这个奖项意味着什么。那是一个金制的圣物盒，周围围绕圣光装饰。内部的玻璃罩内，画有我们天主夫君的肖像。在盒盖的背面，记录着所有获得"圣牌奖"的女学生。很多人，事实上是大部分人都受到感召，加入了我们的禁闭。所以，您现在大概可以想象我们在打开日报看见头版上玛丽亚·德洛斯·安赫雷斯的照片时的悲痛了吧。

损失已经造成。您女儿的声誉永远不可能恢复如初了。但是我们至少可以劝阻她继续走这条路。只有这样，我们才会同意原谅她最近的行为，并允许她继续在我们学院学习。请您原谅这封悲伤的信，我们真希望不曾需要写下它。

来自 N. S. J. 的亲切问候

马丁内斯嬷嬷

她闪电般划过的脚几乎没有着地，地砖因为阳光暴晒而裂出了缝隙。她从一块跳到另一块上，不愿踩到砖缝，因为那会带来厄运。菲力斯贝尔托是我的男朋友，他说他想娶我。要是换作卡门·梅伦柯，她一定不会结婚，她会摇着戴石膏面具、被假发卷包住的脑袋说不。那时，她让节日杂技团走了，自己则留在了爸爸为她租的小房间里。他不想让她继续做杂技演员，想让她成为一位夫人，他禁止她出入酒吧，要教她如何做一位夫人，但她却把自己关起来时刻练功，对所有围绕她的肮脏东西视若不见，展开的行军床，掉了漆的脸盆……她把一只鞋放在另一只前面，微微抬起一条腿，紧接着是另一条，在空中画着圆圈，仿佛用脚尖碰触一个池塘的水面。一天，节日杂技团又回到了镇上，卡门·梅伦柯从远处就听见了他们的音乐声，她坐在行军床上揉乱了自己的红发，捂住耳朵不想听，但她做不到，有什么东西在拽着她的膝盖、脚踝、鞋尖，一种不可抗拒的暖流带走了她，音乐穿过她的手掌，耳膜仿佛被鸡爪抓破，她只好站起身，来到那一小块破碎的镜子前，那时她认出了自己，一个节日杂技团演员，被假发卷包住的脸庞，圆鼓鼓如松糕的脸颊，在衣裳里弹跳的橡胶假胸脯。那一天，她决定回去。

1971 年 4 月 14 日

尊敬的嬷嬷：

我和妻子伊丽莎白收到您的信后深思许久。我们共同决定让玛丽亚·德洛斯·安赫雷斯从芭蕾舞学院退学，禁止她再跳舞。近来，这件事愈发离谱，我们已在之前就讨论过这么做的可能性。正如您所看到的，我们的女儿是一个很有艺术敏锐性的女孩子,但她同时也很虔诚。很多时候,在走进她房间时,我们会看到她跪在地上,入迷、奇异幸福的脸庞和她在跳舞时让她焕然一新的面容十分相似。但,嬷嬷,我们最真切的愿望是,玛丽亚·德洛斯·安赫雷斯将来既不做芭蕾舞演员,也不做修女,我们期望她膝下儿女成群,能在她晚年给她幸福。因此,我们决定不再让她跳舞,也请诸位能用相同的方式做出决定,不要在信仰方面太强迫她。

作为独生女,玛丽亚·德洛斯·安赫雷斯在我们死后将会继承大量财产。她一直养尊处优,如牛奶上的奶油,备受珍惜,我们很担心她将来会落入一个心术不正、只想着骗我们钱的坏人手里。人死以后的财产也必须保护,嬷嬷,这一点您是知道的,毕竟您手下管着那么多的教会财产。您和我都知道,钱币是圆的,可以滚走,我不会让哪个无名之辈把我的钱挥霍掉,为了赚到它我实在付出了太多的努力。

很不幸地,我们只有一个女儿,没有儿子,如果有儿子,他肯定能好好经营我们的财富和名声。在这个社会,失去财富就会失去名声,嬷嬷。底下的人,是全世界都要上去踢一脚的。这个您也知道。女孩子永远都是种慰藉,而一位有教养的女士,如果智力还经过了打磨,那便是一个男人可以在家里存放的最美丽的珠宝，但我现在还不能满意，因为我们的未来还是那么的不确定。这一切都要取决于玛丽亚·德洛斯·安赫雷斯是否可以嫁给一个好男人，一个不会毁掉她的男人。只有看见她结婚，看见那个家庭能像我们的家庭一样保护她，并且她身边的丈夫知道怎样保有和扩大她的财产时，我才能放心。

正如您所能理解的，我们无法接受玛丽亚·德洛斯·安赫雷斯加入您的教会。我们可以向您肯定，无论信仰多么深刻，对您的崇仰多么真诚，我们都难免会感到痛苦与怀疑，因为，将她这么大数额的财产捐入教会可不是件小事啊。

请您原谅我，嬷嬷。我知道，我对您的坦白太过直接，但清清楚楚的账本才能保障友谊。您可以放心，只要我还活着，修道院这边什么都不会缺。因为我对上帝大业的心纯洁无瑕，而诸位正是祂神圣的仆工。我向您保证，如果伊丽莎白和我在女儿之外有儿子的话，绝不会去反对，相反，我们最炽热的愿望一定是让她加入诸位的神圣事业，尽力使世界摆脱如此多的残酷不公。

请接受一位仰慕您的朋友的亲切问候

法比亚诺·费尔南德斯

1971 年 4 月 17 日

圣心学校

备受爱戴的费尔南德斯先生：

我们收到了您礼貌的回信，并认为您让玛丽亚·德洛斯·安赫雷斯从有害的芭蕾环境中退出的决定非常明智。我们深信，随着时间流逝，对她来说，人生的这一章会成为一场噩梦，她最终会完全把它忘掉。另一方面，您请求我们不要鼓励她坚定信仰，费尔南德斯先生，虽然您是学校最主要的赞助人，我们对您万分敬重，但还是要说，在这一点上我们不能满足您。正如我们的主在派仆人去葡萄园的寓言中所说，"被召的人多，选上的人少"。如果玛丽亚·德洛斯·安赫雷斯感觉自己被我们的神圣夫君所选中，应让她自由地回应对她的召唤。我理解，俗世事务烦扰着您。看着您的女儿进入我们教会，您也许会撕心裂肺地痛苦。但您会看到，费尔南德斯先生，您会看到随着时间流逝，伤口会逐渐愈合。要记得上帝要我们在这里，我们只是租借在这世上，在这流泪谷中，我们只是过客。如果有一天，您想到，在人的世界中失去了自己的女儿，那您一定会在天使的世界中得到她。我想，从她受洗的名字来看，这女孩一生下来，神谕就站在了我们这边。

自 N. S. J. 敬上

马丁内斯嬷嬷

1971 年 4 月 27 日

尊敬的嬷嬷:

您无法想象我们现在的痛楚。那一天，我们告诉了玛丽亚·德洛斯·安赫雷斯我们的决定，当她得知自己永远被禁止跳舞，一下子就病了，病得很重。我们请来了最好的专家为她检查，但却没得出任何结果。我不希望我们的苦闷哀伤给您带去压力。我写下这封信是因为我知道，您是她的朋友，是真的珍惜她。我求您为她祈祷，求上帝能让她安全无恙地回到我们身边。她已经睡了十天十夜，一直在打生理盐水，但却没能醒来一次。

您的朋友

法比亚诺·费尔南德斯

II

睡美人

那天是她的生日，但她却一个人在城堡里。她的父母骑着枣红色的马去林子里散步了。于是她突发奇想，打算探索一下整座城堡。因为有一道困扰她的禁令，他们一直不许她这么做。但她现在已经记不起那道禁令具体是怎样的了。她迈开布雷舞曲的小碎步，缓缓跑过所有走廊，接着又并起脚尖，爬起螺旋楼梯，小小的碎步一点一点在黑暗中向前蹭着。她什么都看不见，却能感受到有什么在吸引着自己。舞鞋越来越急切，仿佛迈着莫伊拉·希尔的舞步，脚尖在地板上点一点，碾一碾，好像从那里可以跑出音符。她的脚敲着地面，如同在调试琴弦，意欲弹出那个可以让她记起具体禁令的音符，但她却无法做到。即便她减弱了腿部力量，尽力一直克制自己，但还是顺着高塔的楼道向上爬去，一边爬一边打开了一扇又一扇门。她爬了好几天，但却像是永远到不了出口似的。她跳得累极了，却停不下来，她的舞鞋在强迫她继续。就在那时，通道尽头出现了一扇蜘蛛网封锁的小门。瘦小的老奶奶转着手中的手柄，捻着线，转着线，转着纺锤，转着她手掌中的手指，被扎破的手指，血滴了下来，就是这样，她感觉到自己倒在了地上，"啪！"她周围的一切都渐渐睡着、消失、溶解，马厩中的马、马夫手上的笼头、把长矛靠在城堡大门上的侍卫、厨师、烤架、鹧鸪、野鸡……火在炉灶上睡着，时间被蛛网缝在了钟表的眼睛上，一切都倚向了一旁，直到整座宫殿都沉入了一种深邃的安静中。她睡了太久，连骨头都逐渐变得纤细如针，散在她的身体里，把她的肉刺得千疮百孔。直到有一天，她远远地听见"哒嘀哒嘀哒嘀"的声音，认出了那是菲力斯贝尔托。他正在向她靠近，她试图坐起来，但裹身的多褶裙却压得她起不来，那是一条纯金丝织就的礼服，有那个重量在身上，是跳不起来舞的。**跳舞**！那件被禁止的事是跳舞！菲力斯贝尔托把他的脸凑到我的脸前，吻了我的脸颊。是你吗，我梦中的王子？你让我等了好久啊！一种圆润的温热开始在我的脸颊晕开。一种温热开始从她的脸颊晕开，又散到我的全身。请你们把她身上的破布拿掉吧，都快让她窒息了。那破布都快让我窒息了，请叫醒我吧，我的爱人。现在你可以跳所有你想跳的舞了，因为已经过去了一百年，你的父母已经死去，社会上的长舌妇、贵妇人、学校里的修女都已经死去，从现在开始，你又可以跳舞了，直到永远。因为你就要嫁给我了，我要带你远离这个地方。你对我说着话，我从下面看着你，你人显得那么小，于是我开始靠近你，快速从深渊爬上去，现在你变大了，金色的礼服掉下去了，对不起，它在脱落前一直在蹭我的脚尖，现在我终于自由、轻盈、赤裸裸了。我用力跺脚，跺碎了地面，把自己推向了你。再给我一个吻吧，菲力斯贝尔托。她醒过来了。

1971 年 4 月 29 日

尊敬的嬷嬷：

我们重新找到了幸福！我们的女儿现在已经恢复了平安与健康！毫无疑问要感谢神的力量，她终于从那个我们认为会夺取她性命的噩梦中醒过来了。在她昏迷期间，年轻的菲力斯贝尔托·奥提兹来看望了她。我们之前并不认识这个小伙子。他在她的严重病情面前伤心欲绝，并讲述了他们之间已经发展了一段时间的情愫。您看看，这孩子多不乖，什么事情都瞒着我们！他陪了她很长时间，一直在她耳旁说悄悄话，仿佛她并没有睡着一样。最后，他恳求我们拿掉了女儿身上沉重的羊毛毯，那是之前她发凉时，我们为了暖她的身子加盖上去的。后来，他继续和她说话，摇晃她，用胳膊环住她的肩膀，直到我们看见她的眼皮开始抖动。就在那时，他把头凑过去，吻了一下她的脸颊，赞美上帝！玛丽亚·德洛斯·安赫雷斯醒过来了！我都不敢相信自己所看到的一切。嬷嬷，简而言之，那天的快乐幸福让我们了解到了两位青年想尽快结婚、独立门户的愿望。菲力斯贝尔托是一位普通青年，但是他头脑摆得很正。就在今天，我们已经向他的求婚表达了祝福，他们希望能在一个月之内办喜事。当然了，想到我们的小女儿永远都没可能像您期望的那样获得最高奖项"圣牌奖"了，我们不免悲伤。但是我可以肯定，无论如何，您都愿意分享我们的喜悦，见到玛丽亚·德洛斯·安赫雷斯穿婚纱的样子也一定会很高兴。永远愿意为您服务。

您心怀感恩的朋友
法比亚诺·费尔南德斯

社会评论
《新世界报》
1972 年 1 月 20 日

亲爱的 Beautiful People，这星期最重要的社会事件当然非美丽的玛丽亚·德洛斯·安赫雷斯·费尔南德斯与菲力斯贝尔托的订婚莫属了。这位英俊的年轻人向我们亲爱的堂法比亚诺的爱女做出了许多美好承诺。

他们宣布婚礼将在一个月内举行，现在正在寄送由蒂凡尼印制的请柬，当然得是蒂凡尼的！朋友们，他们现在正忙着准备他们的新家家具，毫无疑问，这会是今年的年度婚礼。届时，场面将十分有趣，十位最佳着装女士要与十位最高雅女士一决高下，这可是我们兴奋难耐的小岛上最重要的竞争了。

看起来，Beautiful People 的文化生活将会达到一个新高度，因为我们亲爱的堂法比亚诺宣布，他将会出借他所收藏的令人炫目的意大利巴洛克宗教画，来装点婚礼举办地圣母礼拜堂的墙壁，此外，由于他对女儿的选择十分满意（新郎拥有波士顿大学的硕士学位，正好是市场管理方面的），还将为礼堂捐赠价值二十万美元的功能强大的冰王牌空调机。如此一来，婚礼当天，我们这些 Beautiful People 便可以轻松参加婚礼了，不用再担心难以避免的汗液和岛上可怕的湿热水汽，

它们不仅可以毁掉我们的漂亮衣裳，还会让 BP 的精美发型变得松垮、潮湿。正因如此，许多十分虔诚、每日都领圣餐的受邀客人都不愿意去教堂观礼，他们宁可在酒店的接待处等待幸福的新婚夫妇，因为教堂的仪式总会有些地方不尽如人意。然而，这一次的婚礼将是独一无二的，因为 BP 终于可以第一次享受圣母教堂的绝美金箔装饰了，它将被包裹在来自康乃狄格州的冷气里，仿佛被包在美妙的蚕蛹里。

现在，在 BP 中，有一个名叫 SAP[1]（超级可爱的人）的团体，他们每周日都会聚在一起吃早午餐，评论周末的各个派对。早午餐之后，他们会一起去 BP 的海滩，去那儿一边喝椰林飘香鸡尾酒，一边晒他们纤细的身体。

如果您觉得自己很"潮"，却又不去那片海滩，那可要小心咯，没准儿您会丢了自己的

1　Super Adorable People。

位置的！啊！我忘记通知大家了，最近，在那些状态有趣（我是想说，等待白鹳到来[1]的状态）的BP之中，最"潮"的事就是"辣妈择"学校的训练课程了，他们对您的承诺是：无痛分娩。

（玛丽亚·德洛斯·安赫雷斯的母亲剪下来贴在女儿婚礼相册中的报刊段落）

给我最亲爱的女儿，
以此祝贺她迈入新娘的王国，
幸福天国的前厅。

> Ⅰ.给新娘花洒会的一个建议
>
> 如果您受邀参加一位即将出嫁的女性亲属或女性好友的婚前花洒会，并且有规定说礼物需是个人用品，那么这里有一条建议，您照做的话，一定会让未来的夫人非常开心满意，也会让参加聚会的朋友们感到十分兴奋。请购买一个小的柳

1　等待白鹳到来，在西班牙语中意为等待生子。

编篮，一条为晾衣架准备的长塑料绳，以及一包晒衣夹。此外，还要买四套蛋糕色的内衣、内裤，两三双长筒丝袜，一个娃娃，一个用来罩卷发卷的漂亮蒸汽帽，还有两条或两条以上的雪纺围巾。请您展开晾衣架，交替用夹子把不同的衣物夹起来，根据它们的质地和颜色，交换、安排好它们的位置，直到把晾衣架夹满。接下来，把绳子和衣物卷起来，放进篮子中，用透明塑料纸包起来，打上漂亮的结，再配以花饰。您一定想象不到这极具新意的礼物能在花洒会上引起怎样的轰动。

Ⅱ. 可以影响一生的建议

尽管人们的生活方式以及装点生活的喜好有所改变，但整体上来讲，新娘们还是更喜欢传统的礼物，例如餐盘、餐具、酒杯，等等。

如今，制造餐盘的材料都很好，让它们变得十分耐用，装饰图样也很现代。然而，这些餐盘不像传统的陶瓷餐盘那样精致。我们仍能在许多家庭看到代代流传下来的经典陶瓷品牌，例如利摩日或弗兰科尼亚。

餐具方面呢，也有不同的设计、质量可供选择，其中有镀银的，925银的，还有不锈钢的。看上去，不锈钢的最为实用。然而，要装点桌面，还是银制的好。

人们熟知的"silver-plated"是一种特别的镀银方式。很多新娘都会想要瑞德·巴顿的镀银餐具，因为他们的质保期有一百年呢。玻璃器皿应该同餐盘搭配得当。这方面也有一些著名品牌，新娘们会根据预算进行挑选，其中以圣·刘易斯及巴卡拉特最为著名。

一位新娘在列出自己的礼物表后，将会获得可以使用一生的物品。不过这要取决于宾客的购买力。他们可能会一人送一个，合伙送一套餐盘或是别的什么。如果是显赫的客人，可能还会送给新娘托盘、水罐、花盆、盐瓶、油瓶，以及其他能让饭桌摆设更加丰富得体的物品。

Ⅲ. 幸福是什么？

是一个被美丽花园环绕的漂亮房子吗？是精致的家具、地毯、窗帘吗？是旅行？衣服？很多很多钱？是珠宝首饰？还是最新款的轿车？很可能您已经拥有了这些，但仍旧不快乐，因为幸福并不是拥有物质财富。如果您相信上帝和他的应许，如果您是一位好妻子、好母亲；如果您能做好家庭的预算，并把家园操持成一块充满爱的平安乐土，如果您是一位好邻居，时刻都愿意帮助他人，您就会非常非常幸福了。

爱你的妈妈

伊丽莎白

（玛丽亚·德洛斯·安赫雷斯与菲力斯贝尔托婚礼相册相片下角的注释，由如今两人的母亲伊丽莎白亲笔书写。）

Ⅰ. 交换戒指，相互承诺永远的爱，
不论顺境逆境。

Ⅱ. 在婚礼弥撒中
饮下金杯中的耶稣宝血。

Ⅲ. 玛丽亚·德洛斯·安赫雷斯
侧影，云般头纱
遮着她的面庞。

Ⅳ. 走在教堂中殿中央！
我的小可怜看起来吓坏了！

Ⅴ. 切蛋糕，两只因相爱
而相握的手共同攥着银质刀。

Ⅵ. 终于结成夫妇了！
梦想变为现实！

Ⅶ. 玛丽亚·德洛斯·安赫雷斯正面照。
已经把头纱别在后面，
落落大方，露脸微笑。
现在终于是一位夫人了！

III
吉赛尔

像吉赛尔一样穿着白色薄纱，心里充满喜悦，我要嫁给菲力斯贝尔托了。今日，我来到您的脚边，哦，圣母！您比百合更圣洁，更纯白。我前来祈求您在这一日，在我今生最神圣的日子里庇佑我。我来到您身边，把新娘捧花放在了红色天鹅绒的矮凳上，您的脚尖就停在那里。我的目光最后一次扫过您粉色的朴素衣裙、天蓝的披肩、围绕您深邃而谦卑的面庞的十二颗星。圣母是最完美的家庭主妇。哦，圣母！我穿着白色薄纱，来到了您身边，比起您，我更像吉赛尔。她怀疑情人罗伊斯不想如她所愿，继续做一个单纯的农夫，而想变成一位拥有丰厚既得利益的王子，便把匕首插进了自己的胸膛。她知道罗伊斯不会继续爱她，因为她很聪明，明白如果有既得利益夹在中间，爱就永远会排在第二位。猎人、部长、戴金穗肩章的红衣士兵兵营，一切都会比她更重要，吉赛尔正是因为这个自杀的，也许她并没有自杀，只是决定接近维丽丝幽灵[1]，她们由死亡女王统领，若想靠近，必须得经过那场有关匕首的笨拙滑稽剧，她背过身去，把匕首插进胸膛，手、腿、脚胡乱抽打着空气，

1　维丽丝幽灵，芭蕾舞剧《吉赛尔》中生前被未婚夫抛弃的薄命女子的游魂。

可怜的吉赛尔疯了，为爱变成了疯子，在她倒下的身体旁哭泣的农民们说，她不在这里，她藏在了墓地的一座十字架后，在那里她穿起了她真正的婚纱，她的白色维丽丝裙，由处女思想的皮肤做成的谵妄织物，她轻轻将它展开，覆在了自己冰冷的脸上。现在她穿上舞鞋，不用再脱下，因为她注定要永远舞蹈。在四下的田野间如幽灵般划过，慢慢停在树林枝梢，她吃惊地看着自己的身体如雪花般飘落，圣母会从天国高处的座椅上看见她，为她喜悦地微笑，因为对吉赛尔来说，跳舞和祈祷是一回事。因此，她与维丽丝们相聚在了一场感恩的舞蹈中，她的身体蕴含漏壶或水钟的轻灵，死亡女王看到她跳舞也不免吃惊，她的一只手穿过吉赛尔的身体，收回来时上面覆满了水珠。吉赛尔没有身体。她是水做的。此时，维丽丝们突然惊慌得四下逃窜，因为她们听见有脚步正在靠近树林。是罗伊斯，他在固执地追寻吉赛尔。一个内心深处的小声音警告她，小心，吉赛尔，一个可怕的危险正埋伏在暗中。一直以来，罗伊斯无论有什么企图计划，都能取得成功，他接受不了吉赛尔这样从他身边逃开，他因此而执着追寻她，好试着脱下她迷幻的白裙，在爱的仪式中一瓣一瓣摘掉它，接着让她受孕，把一个儿子塞入她纤薄的肚皮，去除掉她水滴般的轻盈，扩大她已经松软、敞开、撒上了种子的腰臀，为的是让她永远不能再做维丽丝。但是不对，吉赛尔弄错了，罗伊斯是真的爱她，罗伊斯不会让她怀孕，罗伊斯会带上粉红色的安全套，这是在她垂死病榻时他许诺过的，他抓着她的手臂，让她在祭坛边转了半圈，面向坐满教堂的来宾站好，他拍了拍她扶着他胳膊的软弱无力的手，试图给她些鼓励。你平静一下，差不多快完了，你得勇敢一点。现在，当曙光把地平线染成粉红色，远处教堂的钟声响起来，维丽丝们不得不挣扎着离去。她们不是狡猾地装出来的天使，而是恶魔。她们的衣裳是肮脏难闻的蓬蓬裙，她们的蜻蜓翅膀是由带刺的铁丝捆绑在背上的。那吉赛尔呢，吉赛尔会做什么？吉赛尔看到维丽丝们在林间如叹息般逐渐消失，绝望地听着她们对她的呼唤，但为时已晚。她已经逃不走了。她感觉到菲力斯贝尔托抓住了她的胳膊肘，强迫她走上了中庭的中央，开始边走边接受众人祝福。

社会评论

《新世界报》

1972 年 2 月 25 日

看起来，这一年的年度社会事件已经发生，菲力斯贝尔托与玛丽亚·德洛斯·安赫雷斯隆重美妙的婚礼现在已变成波多黎各最高雅群体的闪亮记忆。所有的BP都出席了圣母礼拜堂的仪式，他们为了惹人注目和相互欣赏，通通换上了自己最好的服饰。美丽的新娘走向祭坛，全身上下都裹在马蹄莲的水瀑中，她是我们社会最出色的代表。教堂的中央走道被一条丝棉线拦住，铺着为此次盛事专门从泰国进口的纯锦缎地毯，只允许新郎新娘通行。礼拜堂的石柱被用铁丝巧妙编织在一起的橙花花苞所覆盖，宾客们都飘飘然，以为自己正身处微风习习的绿色树林。墙壁上挂满了卡拉瓦乔、里维拉和卡尔洛·道奇的真迹，对BP来说，这简直是一场视觉盛宴，因为他们总是渴求见到具有教育意义的美。我们亲爱的堂法比亚诺信守承诺，在礼拜堂展出了他收藏的绝美画作，让玛丽亚·德洛斯·安赫雷斯的婚礼甚至不用去嫉妒在普拉多博物馆举办的西班牙公主的婚礼。在安装了现在这样的强力空调后，学校里的修

女一定永远都不会忘记为堂法比亚诺和他的家人祈祷的。如果有哪条路能通向天堂的话，这绝对是条捷径。

婚宴设在加勒比超级俱乐部的私人宴会厅中，那真是化作现实的一千零一夜之梦。所有装饰均由堂法比亚诺的妻子伊丽莎白负责，对于如何把梦想变为现实，她已经游刃有余了。

为了配合钻石的主题，宴会舞厅的色调被设为银色。从委内瑞拉空运来的三千盆蝴蝶兰层层叠落在水晶石基座上，还有三颗巨大的进口蒂凡尼钻石眼泪，挂在厅堂中央。新娘、新郎那一桌坐的都是贵客，桌子由爱尔兰进口的沃特福德水晶制成。仿佛这些还不够，所有座椅的后背上都嵌有进口的心形雕银装饰。桌布是银丝织就的，菜单有梨形钻的形状，甚至连冰块都是钻石形的，为完美画龙点睛。做蛋糕所用的糖也是特别精制出来的，透着钻石般耀人的美，象征着爱的圣殿。蛋糕上的新娘新郎

陶瓷玩偶像极了玛丽亚·德洛斯·安赫雷斯和菲力斯贝尔托，他们从一条挂满镜子、被颜色雅致的糖鲜花与糖天鹅簇拥着的小道走了上去。圣殿设于最高层，拥有水晶廊柱与石英屋顶，殿中的丘比特有糖做的翅膀，脚尖点地，不停旋转，微笑的弓箭瞄着所有靠近的人。

当晚最具魅力的表演是伊凡·科尔带来的流行金曲演唱《钻石恒久远》以及《璀璨爱意》。

新娘的嫁妆却仿佛不属于那个世界。在所有繁复的装饰之中，她的东西显得格外特别，简洁的线条精致无比。BP 应该学习玛丽亚·德洛斯·安赫雷斯这个榜样，因为简洁永远是高雅之母。

大家好！我今天出生啦！

姓名： 法比亚尼托·奥提兹·费尔南德斯

日期： 1972 年 11 月 5 日

地点： 波多黎各圣图尔特希仁爱医院

重量： 8 磅

自豪的父亲： 菲力斯贝尔托·奥提兹

喜悦的母亲： 玛丽亚·德洛斯·安赫雷斯·费尔南德斯·德奥提兹

1972 年 12 月 7 日

圣心学校

备受爱戴的堂法比亚诺：

　　我刚刚收到您孙子法比亚尼托的出生公告，一天都不愿耽搁，想立即送上几行祝福，祝贺小生命的幸福降临，祝贺初次成为祖父的您。说真的，他们可真是趁热打铁呀！婚礼后正好九个月孩子就出生了！我都能想象到您是如何庆祝的，一定在手术室的等候大堂里就把香槟和雪茄发给了所有人。一个孩子的出生一直是俗世快乐的理由，您一直为世事过分操劳担忧，从多年前便开始因为上帝没能给您一个儿子而焦虑，因此，我能理解，这件事应该是您这一生中最幸福的事了。但，亲爱的朋友，请不要在欢乐之时忘记，孩子的降生也是令上帝喜悦的事。我希望能很快收到洗礼仪式的请柬，同时建议您谨言慎行，不要举办挥霍无度的庆祝典礼。重要的是，不要耽搁，要快些为仍未受洗的小天使打开天国之门。

亲切一如以往的

您的 N. S. J. 的朋友

马丁内斯嬷嬷

1972 年 12 月 13 日

尊敬的嬷嬷：

来信刚刚收悉，在此向您表达万分感谢，伊丽莎白和我正处于十分痛苦的逆境中。在这样的时候，知道自己有亲近的好朋友是一种莫大的安慰。正如众人所想，小孙子的出生为我们带来了极大的喜悦。那天，整个家族都齐聚医院，一直庆祝到凌晨。在确认过我们女儿和新生儿都健康平安之后，伊丽莎白和我回了家。走前，我们请求玛丽亚·德洛斯·安赫雷斯在确定洗礼日期后通知我们。您也知道，伊丽莎白有多享受策划装饰庆典，可怜的她早就想好，要为她的孙子举办波多黎各历史上最美丽的洗礼仪式。她甚至已经定做了无数东西，比如公告贴、印章、受洗纱裙、喙里叼着金币的丝制白鸽，等等。她已经派人把摇篮装饰成洗礼圣水贝壳的样子，内部包裹蓝色棉缎，边缘垂坠布鲁塞尔蕾丝花边。她本以为洗礼仪式会很快到来，甚至已经托人制作了蛋糕：由三个饼干天使托在空中的糖玫瑰组成巨大心形，整个蛋糕代表了爱，这美丽婴孩带来的爱。这时，我们收到了玛丽亚·德洛斯·安赫雷斯潦草的字条，告诉我们她不打算让她的儿子受洗。嬷嬷，您能想象到我们的感受吗？

在这一生中，一个人需要接受上帝为他所安

排好的事，嬷嬷，但是对我们来说，这简直是过于沉重的一击。玛丽亚·德洛斯·安赫雷斯在婚后改变了太多。不过，至少我们永远都有孙子带来的安慰。他是个美极了的宝宝，看起来将来会是金头发，因为出生的时候，他没有一根毛，而且眼睛蓝得像天空。但愿这一点能一直保持下去，不要改变。哪天我们会把他带去修道院，好让您认识他。

请接受来自伊丽莎白和我的亲切问候

法比亚诺·费尔南德斯

1972 年 12 月 14 日

圣心学校

亲爱的玛丽亚·德洛斯·安赫雷斯

你的父亲已经告诉了我你不让孩子受洗的事，你的决定让我极度震惊。我那么了解你的内心，一直认为你比任何人都更不会做出这样的决定。你到底怎么了，我的孩子？我很担心你在婚姻中不幸福，这一点让我悲伤不已。你要记得，所有婚姻都是在天国中确定的，所以，当一个人结婚，人们会和他开玩笑说，婚姻婚姻不能断，直到裹尸布下凡。如果你不幸福，我能理解你想引起丈夫的重视，想让他意识到有些方面有问题。但是如果你想利用自己的儿子来达到这种目的，就太过极端残忍了。你以为自己是谁，可以把他的灵魂救赎当作儿戏？考虑一下如果他在死时还没有受洗会有怎样的后果吧。哪怕只是想一想，我的心就痛得不得了。你要想，这世界不过是一个流泪谷，你已经有过了自己的人生。你现在的任务就是全身心地投入到上帝赐予你的这个小天使身上。你的头脑得实际一点，我亲爱的孩子，这一生无法避免的苦难太多。那为什么不尽力为我们自己赢得另一生呢？别再使劲想那些彩色的小鸟了，别再使劲想那些王子公主的芭蕾了。快从那云上下来，好好照顾你的孩子吧，这才是你该走的正路。冷静下来，孩子，上帝会守护你的。

请接受如第二个母亲般爱你的人
给你的拥抱与亲吻
马丁内斯嬷嬷

1973 年 5 月 30 日

亲爱的堂法比亚诺：

请原谅我这么久都未提笔写信给您，但您是知道的，尽管玛丽亚·德洛斯·安赫雷斯与我之间已经许久没有交流，但我们都是那样地爱您。您的孙子非常漂亮、健康，胖乎乎的，好像玫瑰的花苞。我每天看他都看不够。他有拳击手的小拳头，每次把它们举上肩头，他都像个男子汉一样地用力出拳。在玛丽亚·德洛斯·安赫雷斯和我之间的问题面前，这个孩子已成为我莫大的安慰。我每一天都更加爱他。

堂法比亚诺，我想请您替我保守接下来我要告诉您的、需严格保密的事，请您在读过这封信后立刻将它销毁，一方面是出于对她的尊重，另一方面也是为我考虑。现在，我已经明白，我们搬到很远的地方是件非常令人苦恼的事，您一直是我最好的伙伴，是我在如何对待玛丽亚·德洛斯·安赫雷斯方面的指南针，您一直教导我该如何温柔地将她带上健康正路，因为她自己还没有意识到，一切都早已注定。

您应该还记得，在我们结婚前，我答应了您女儿会允许她继续自己的舞蹈事业。这是她与我结婚的唯一条件，我也完全信守了承诺。但接下来的事您可能就不知道了。在婚礼后不久的一天，玛丽亚·德洛斯·安赫雷斯突然提到，我允许她继续跳舞的承诺里包含了不要孩子的约定。她和我解释说，舞蹈演员只要怀了孕，腰臀就会变粗，一旦有了身体上的改变，就不可能再成为伟大的舞者了。

您无法想象她的声明当时有多令我困惑。我是那么地爱玛丽亚·德洛斯·安赫雷斯，和她有个儿子是我的梦想。堂法比亚诺，您是知道的，我出身贫贱，也许正因如此，我总是怕失去她。但，即便我出身贫贱是事实，也不能说我没有自己的尊严，自己的骄傲。

她的任性深深地伤害了我。我想，也许是因为我很穷，如诸位所说，姓氏默默无名，如诸位所说，家族从来没出过什么优秀的人，所以玛丽亚·德洛斯·安赫雷斯才不愿意要我的孩子。但是我不会一直穷下去的，堂法比亚诺，我不会一直穷下去的。我不能和您比，您有上亿的财富，所以大家才会觉得我穷，账户里只有一百万美元。但这一百万美元是我自己辛苦工作得来的，堂法比亚诺，因为您的女儿并不是太好的结婚对象，对我的发展来说，她就像是一只铁锚、一个累赘、一份过沉的重量。尽管她的舞蹈事业有近乎淫荡下流的名声，但因为我在经济方面的成功，谁都不敢羞辱我们，还邀请我们去各处做客。

当玛丽亚·德洛斯·安赫雷斯告诉我她不想要我的孩子时，我生气极了。我记起了您和我在婚礼前的一次谈话。当时，您把我叫到一旁，向我坦白，您把女儿嫁给我有多高兴，因为您相信，在我身边，她的头脑会变得清楚，会找到她一直以来都缺少的自洽和接受能力，进而接受，对所有女人来说，成为妻子和母亲是大有好处的。我记得您眼泛泪光，在那里请求我，让我们给您一个孙子，一位能在将来捍卫您财产的继承人，好在您不在了以后可以继续保护、扩大它。我还记得听见这话时的愤怒与羞耻，我那时候想，您到底在想什么呢，难道我穷我就是傻子吗？您是为了那些才想把您女儿嫁给我的吗？您是把我当成了传宗接代的傀儡吗？当她和我说她不想要孩子时，我想起了您的话，开始想，其实有一个继承人的想法没有任何不好，没有任何不好，不是为了继承您的财产，而是为了继承我的，有一天，我将完全盖过您的锋芒，把您和您的家族从地图上抹去。

当然，我很快便开始为自己的卑鄙想法后悔，并开始试着主动说服她，希望我们能生一个儿子。我先是让她看见了我对她有多大方，为她买了（当时并不需要的）皇后级别的嫁衣，为她买了房子、车和在门口伺候的仆人。接着，我开始和她谈论爱，我对她说，生一个儿子是唯一能维系婚姻的方法。但是她一直顽固不化，一直拒绝我，堂法比亚诺，当我最终触到自己耐心的极限，用通俗话讲，当我走投无路了，我他妈的就强迫她，把她肚子搞大了。

很不幸地，法比亚尼托并没有给我们的家带来和平。我本希望，当您女儿把孩子生下来抱在自己怀里时，便会幸福起来了，但孩子却成了她的噩梦，成了一个她无法承受的包袱，于是您女儿便把他丢给了保姆。虽然，刚生产完时，她十分担心自己短时间内不能跳舞了，但目前来看，她已经取得了很大成功，成了挂我名字的公司的首席芭蕾舞演员，因为我为了让她高兴，甚至把那个公司都买了下来。

我们的生活就这样过着，相对平静、和谐。有玛丽亚·德洛斯·安赫雷斯在身旁，有一个上帝赐予的健康孩子，生意也一帆风顺，我觉得自己真是个很幸福的男人，然而，就在两个星期前，我不知怎么地，突发奇想，带她去看了阿斯特洛德洛莫杂技团的表演。当时，杂技团刚到城里，我想，她心情不好，也许他们可以让她开心一下。在魔术师和杂技演员的惯例表演之后，一个女人进入了表演场地：她是一位头发被包起来的红发女子，没有安保险钢丝就在接近顶棚的高度跳起舞来，我也不知为什么，玛丽亚·德洛斯·安赫雷斯在看到她时非常激动。我们一到家，她就让我拉开一条绳子，把一端拴在客厅一角，另一端拴在另一角，接着便跳了上去。我很吃惊她能做到这个。一开始还在小心地保持平衡，但随后便逐渐放松下来，把节奏按身体的律动调整好了。最让我印象深刻的是她的表情。她的思绪仿佛都被掏空了。我和她说话她也不应答，好像根本就没在听。一会儿，她从绳子上下来，在晚饭时间陪我去了餐桌，但她的表情却没变过，一直持续到今天。她用已经放大的瞳孔看着我，在我和她说话时，拒绝回答。

到昨天，事情已经发展到极其过分的地步，我不知该如何对您说，堂法比亚诺，我收到了一封匿名信，已经是我这些天里收到的第二封了，对折的破纸令人作呕，铅笔写的字迹蠢笨肥胖、大小不一。我肯定是哪个有病的女人写的，实在想不出还有什么别的可能性。这样的废物在城郊巷子里多的是。这个小婊子告诉我，在玛丽亚·德洛斯·安赫雷斯该去练功房练舞的时间段里，她每天都会看见她走进一个酒店房间，于是便推想她是在那儿偷偷幽会别的男人。

堂法比亚诺，这里面最糟糕的部分是，我还爱她，我没法忍受没有她的生活。是您在祭坛前亲手把她交给我的，那时她还是个女孩，我到现在都还记得婚礼那天她的脸庞，裹在那白得令人难以置信的薄纱里，想想真像一场梦啊。我记得您的手把纯洁的她交在我的手上，我这样回忆着她，却丝毫不能安慰自己。

但是，尽管如此，尽管我真的爱她，我也不允许自己的婚姻失败，因为我不习惯失败。我的婚姻只不过是我的另一家公司，不管有多难，我都会让它成功。而且，除此之外，这里面有与众不同、奇异不凡的东西：一位金融巨头的妻子是一位芭蕾舞演员。您不觉得吗？这是我能允许存在的荒诞怪事，正如我的很多朋友每年都去非洲猎捕大象一样。

明天，我会亲自去调查玛丽亚·德洛斯·安赫雷斯究竟在那匿名人说的酒店房间里做什么。我很肯定这是诽谤中伤，一个心怀嫉妒的人撒下的恶臭谎言，他嫉妒我在她身边时的幸福，嫉妒我的成功，我在三十岁之前赚到第一个百万美金的成就。

然而，我却不能停止恐惧。我本能地感觉到，正在我们头上盘旋的威胁撒下了阴影。您知道，一个男人可以忍受一切，绝对的一切，唯独不能忍受此类暗示，堂法比亚诺。我向您发誓，我现在已经崩溃了。恐怕已无法为我明天的行为负责。

他突然停笔，看了好一会儿书桌前的墙壁。接着，抓起信纸，用两手使劲攒揉，直到它变成一个结实的球，然后愤怒地把它扔进了纸篓里。

下午的光从信风酒店 7B 房间的窗户透了进去。铝制百叶扇有些脏，其中的一侧就快散掉了。阳光穿过它，一缕一缕降落在沙发上伸展着的赤裸身体上。男人倚着女人，头扭过去，朝着已磨损褪色的沙发后背。女人轻缓地抚着他的头，一次又一次把左手陷进他的卷发。她右手拿着一本小小的祈祷书，高声读着，引导那声音从睡在自己身上的男人身上爬过。玛利亚在她所说、所做、所爱的事中都是处女。她的百合愿去寻她，而她亦时常抬眼去　　　。读到这儿，男人嘟囔了几个听不懂的词，动了动脑袋，仿佛要醒来似的。女人调整了一下被压在男人耳朵底下的那个乳房，继续低声诵读起来。可奇之母，山谷百合，田野鲜花，请为我们祈求。比百合更纯洁的可奇之母　　　。她暂时合上了祈祷书，定在那里看屋顶镶板上整齐划一的虫蛀痕迹，并十分不悦地注意到，到处都有潮湿的污渍。她记得在上床时，自己开始高声重复最偏爱的圣母祷文，"你的纯洁宜应称颂"，她也记得这一举动所带来的催情效果。那是她第一次和丈夫之外的男人上床，觉得到目前为止，一切都还不错。

那天下午，她站在街角，仿佛一个普通的妓女。他接上了她。那辆奥兹摩比停在她身旁，她往前倾了下身子，眉头稍带沉默的疑问，看了看挡风玻璃后面的陌生人的脸。她也想过，其实都一样，自己不想再看他的样子。男人向她开了二十五美元的价，她接受了。

她感觉到跳舞的欲望。男人还睡在她身上，像个废物，一只手臂耷拉在地板上，头扭着，朝向沙发。她一点一点地从他温热的身体下蹭出来，恢复了自由。接着，从包里拿出一根尼龙绳，把它一头绑在了房间一角，另一头绑在了另一角。她穿起芭蕾舞鞋，把缎带系在了脚踝上，轻轻一跳，就上去了。她裸身跳上绳子时，舞鞋鞋底的白灰腾起一团云烟，困在屋子里，飘了一会儿。一开始跳舞，她的五官便绷紧了，让脸上夸张的妆越发夸张起来。她的眼睛周围贴着两道芯片，更显得假睫毛长得过分。她松饼般的脸颊厚得厉害，像是要从脸上一片一片脱落下来。她终于放松了，想着可以第一次做自己了，可以第一次做芭蕾舞者了，尽管是二流或者三流的。她开始把一只脚放在另一只前面，感觉缕缕阳光无用地切割着她的脚踝。甚至在听见背后的门突然打开时，她都没有注意，只顾继续认真地把一只脚摆在

1974 年 4 月 25 日

尊敬的朋友：

　　您不知道，伊丽莎白和我对您近一年前发来的吊唁函有多么感激。您充满智慧和安慰的话语及祷告，对我们的痛苦来说是极大的慰藉。嬷嬷，之前一直没有回信，是因为我缺乏勇气。谈论这些事情像是把它们又经历一遍，像是在一部默片中重复我们想冻结在时间里的行为和话语，但我们终究无法为了改变它们，为了用别的方式重复它们而将它们冻结。在我们爱女死前所发生的事中，有太多是我们想改变的。比如她过早的婚礼，一想到她出嫁时几乎还是小女孩，我的心就疼得紧。还有她和那个我们几乎不认识的男孩仓促定下的婚姻，现在我们知道，他有神经病，而且还野心勃勃，但也为时已晚了。

　　请原谅我，嬷嬷，也许我不该这么形容菲力斯贝尔托，他也是那个可怕事故的受害者，也失去了生命，出于基督教的仁爱精神，人不该指责死者，这些我都知道，但还是无法原谅他。当初您也察觉到了，玛丽亚·德洛斯·安赫雷斯在她的婚姻中并不幸福。他在跳舞这件事上对她百般折磨，对她辱骂中伤、批评抨击，因为他不喜欢她跳舞。另一方面，他总是振振有词，对她说他有多么能挣钱，为了讨她欢心，甚至把全国最好的芭蕾舞公司买了下来。

但是，嬷嬷，现在我最不能原谅的，每每在半夜让我惊醒、让我在冷汗包裹中愤怒到颤抖的是，他竟然在利用她赚钱，芭蕾舞公司可让他收获了无数股票红利。我后来知道了这些，但也什么用都没有了。我的女儿从来都没工作过，因为她从来都不需要工作，而那个居心不良的家伙却剥削她。

出事儿的那天，菲力斯贝尔托突然出现时，她正和舞蹈编导在一起，为接下来的全新表演编排舞步。他从一进门就开始侮辱她，中伤她，说她为了一遍遍地重复原来的滑稽剧而把儿子扔给了保姆。看起来，他的骄傲自尊超过了他自己的野心，根据舞蹈编导的证词，他威胁她说，如果不放弃跳舞，当时就会要她好看。如果我在那里的话，大概也会同意菲力斯贝尔托的话。芭蕾舞简直是需要从玛丽亚·德洛斯·安赫雷斯身体里连根拔掉的恶习。因为一段风流韵事，我很近距离地了解了那些芭蕾舞演员，嬷嬷，那些女人，无一例外，都会变成高级妓女。我很奇怪，菲力斯贝尔托对让她放弃跳舞这件事从来都不是很上心，他反对的时候，口气都软软的，当然了，我那时候也没想到他在考虑拿这个赚钱。看起来，那天下午，他认清了，自己的尊严更重要，打算好好给玛丽亚·德洛斯·安赫雷斯一顿教训。但这种教训要在私下里给啊，嬷嬷，在家里没人的地方教训，不能用那种出洋相的方式在一个陌生人面前教训呀。

舞蹈编导并不认识菲力斯贝尔托这个异常强壮又与一切格格不入的不祥之人，所以他走上前，想保护玛丽亚·德洛斯·安赫雷斯。两人扭打在一起，舞蹈编导试图用力量制服菲力斯贝尔托，暴力地把他撞到了墙上，导致对方头骨骨裂。玛丽亚·德洛斯·安赫雷斯瘫在了房间中央。在这之前，菲力斯贝尔托已把手枪从外套中取出，用以自卫，但就在被撞上墙的那一刻，他不知怎么扣动了扳机，子弹意外地穿过了她的额头。

我的朋友，您无法想象这一切有多折磨我。每次想到我的女儿躺在血泊中，没有接受临终涂油礼，离她母亲那么远，离如此爱她——要知道我甚至愿意牺牲自己的半辈子来换她的幸福啊——的我这么远，每次想到她的死如此没有意义，我便会感到一大波怨恨的潮水从嗓子涌上来。救护车到来时她已经死了。菲力斯贝尔托躺在她身边。他们立即把他送入急救室抢救。他在此后的两星期中接受了密集的治疗，但还是死了，死前没有恢复意识。

已经过了快一年了。在我和我对那一刻的记忆之间，仿佛立起了一道玻璃墙，如果我靠得太近，它便会因我的呼吸而变得模糊。嬷嬷，我不想再问自己问题，不想再折磨自己了。这是上帝的意志。至少我们为她办的葬礼没有任何瑕疵，这也算是个安慰了。全社会都挤进了我们家。此前，我们都不知道，各位朋友对我们怀有如此真挚的感情，这一次的事恰恰向我们证明了这一点。嬷嬷，想想他们，想想这些夫人、先生，Beautiful People 和 Super Adorable People，您从前总是从圣洁的俗世道德的角度看他们，总是带着些轻蔑不屑，但真的不该那么用力地指责他们的。他们在内心深处都是好人。都去领了圣餐。从衰老的过程中我学到了，肉体的美丽并不都是虚妄的，很多时候，它都能映射灵魂美。在下葬时，我们为玛丽亚·德洛斯·安赫雷斯穿上了婚纱，头纱蓬松地裹着她的身体。她看起来美极了。她刚洗过的头发在有些发黄的白礼服上发着光。所有曾看过她跳舞的人都激动地说她看上去根本就没有死，只像是睡着了，在最后一次诠释睡美人的角色。

当然了，法比亚尼托会跟我们生活。嬷嬷，要不是痛苦了这么久，我会相信这是上帝赐予的公平。您还记得当初伊丽莎白和我有多么想让上帝送给我们一个男孩吗？一个可以捍卫我们姓氏和财产、让我们安度晚年的男孩。也许，我们女儿的死也不是完全没用。毕竟当时的她已经脱离正轨很久了，一直沉迷于和那些放荡女舞者一起排滑稽戏。事实上，嬷嬷，在事故发生前，我们的女儿对我们来说，就已经死了。

但是上帝在祂的永久仁慈中主持了正义，把她的小天使儿子留给了我们，好让我们填补她在我们心里留下的不知感恩的空洞。顺便说一句，嬷嬷，很快您就可以收到洗礼仪式的请柬了，我们会隆重地大操大办。我们希望您能得到准许，可以在那个下午离开内院，参加典礼，我们很希望您能做孩子的教母。

从今往后，您可以放心，修道院什么都不会缺，嬷嬷，等我死的那天，您还会有法比亚尼托，他会继续支持照顾您的。

至此暂且搁笔，请接受伊丽莎白和我一同以往的亲切拥抱。

您的老朋友

法比亚诺·费尔南德斯

那天花板又脏又丑，像是有很多挂在人脸上方的睾丸，别担心，插好门闩，就会带来平安，那天花板真操蛋，像有很多被压扁在上面的睾丸。我和你说过了，禁止跳舞，你就继续跳吧，到时候就知道我会怎么治你了。禁止跳舞，你现在就忍着吧，睡睡睡睡睡睡睡睡睡睡睡睡睡，醒来吧，我的爱人，我想要你嫁给我，我会让你跳舞的，会让你做芭蕾舞演员的，插好门闩，就会带来门闩[1]，不，求你了，不要让我怀孕，我求你菲力斯贝尔托，不管你有多想我都不想要，混蛋，这件事太操蛋了。跳着《柯佩莉娅》跳着《睡美人》跳着《可奇之母》，织着白色小线衫，等着怀有救世主的肚子长大，现在打开腿，忍着点儿，现在跪下，好好看看你生下来的，你会爱他、吻他，会舐犊情深，细心照看。如果没有母亲，我美丽的儿子得成什么样？现在你别再想当芭蕾舞演员了。忘了吧。你要夸奖他、保护他，这样他将来才会永远保护你、捍卫你。现在跪下，虔诚地重复，贪婪地重复，没有《柯佩莉娅》、没有《睡美人》了，甚至没有"这世界是座流泪谷，另一个世界才重要，如果你两腿之间的是一条缝隙，那就必须忍受必将落在你头上的痛苦，才能配得上另一个世界"，但如果没有另一个世界，如果没有另一个，这就太操蛋了。没有 Super Adorable Bitch[2]，没有银托盘、银酒杯、银水瓶，也没有银手冰凉长久的

1　Tranca，门闩，在波多黎各亦指男性生殖器。
2　英语，意为"超级可爱的婊子"，与前文中"超级可爱的人"对应。

爱抚、用银长勺灌入嘴中的话语。你快说，是的，我的爱人，你快说，你跳着吉赛尔很快乐，但是这一次，你怒气冲冲，穿着难闻的蓬蓬裙，背上绑着带刺铁丝做成的翅膀，因为我不高兴，菲力斯贝尔托，因为你背叛了我，所以我把你引到这儿，就是想让你看看我，想让你回去再给我爸爸好好讲讲，让你们两人都知道，让你看见我被假发卷包围的石膏脸、我因为出汗而脱落的假睫毛，我和松饼一样鼓的脸颊，我的头发渐渐被染红，你们两人看哪，两人看哪，这个对周遭一切都熟视无睹的女人已经倒下了，她看不见屋顶的污渍、已腐蚀的百叶帘、掉了漆的脸盆，你们两人看哪，两人看哪，钱是什么做的。一天，节日杂技团又回到了镇上，她捂住耳朵不想听，但却做不到，有什么东西在拽着她的膝盖、脚踝、鞋尖，你们两人看哪，两人看哪，有什么抓住了她，把不受保护的、不甜美的、不正直的、不平和的她带到了远方。玛丽亚·德洛斯·安赫雷斯，平静下来吧。蛋壳，钱是蛋壳做的。她不卑不亢也不

与你共上天堂

我以为，她的错与美，混在

一起，可以说明，像麻风病般，

越纯白，就越污秽。

——《马尔菲公爵夫人》

已经一整年了。他们不断推迟归期，拖延着，不愿回来面对她最后的容颜，不愿面对正等候在不冷不热的房子中央的她的幽灵。可以理解，在发生了那些事情之后，他们缺乏勇气，需要将近十二个月的时间，在内心周围把它们一层层沉淀下来才能回来。我把这些柔软又伤人的脆弱相片整理成册，她的面孔、她的双手被一层玻璃皮肤覆盖，这些闪亮的相片酷似我每天以她之名擦拭的这个家的墙面，我会蹲下来为地板涂上蜡娃娃化成的蜡，会把手臂伸进马桶下水道，好清洁到离它喉咙最远地方的陶瓷，会跪在地上刷洗地毯的短毛，直到它们蓬松、柔软，仿佛散在地上的女人的金发。我日复一日地低声下气，成了这个社会的苦胆汁和臭狗屎，这样她才能继续做尊贵的奶油和乳脂，继续像现在这样作为天使活在她的第七重天，公主般地在她的七重鹅毛床垫上做着她的第七个梦，额头上还盖有天主的第七封印，愿她永远安息在衪的荣耀中。这些相片，就是她的脖颈、她的肩膀、她的大腿。我把百叶窗上上下下都擦干净了，如同擦净她的指甲，光亮从叶片缝隙透进来，落在木地板上，这地板我也上过釉了，我打理它时就仿佛在护理她的肌肤。我之所以有这本相册，是因为需要看到她永远跪在中国丝绸矮凳上，手持点燃的大蜡烛；需要看到她在钻石圣体龛前祈祷，如同在她自己的婚姻王冠前祈愿。因此，在食指与拇指捏着这些相片时，要格外小心，以免它们熔化，变成一小堆背信弃义的、明亮又锋利的尘灰。她站在楼梯最后一级台阶上，天使皮做的礼服拖尾堆在前面，仿佛一处缓流，一处冰冷血液的蓄水池。时间将周围环境渐渐拆解，于是这些图像也已经有些凝块、暗淡，记忆也是如此，如蜂房般模糊不清，无论怎样维护重修，它还是会越来越不透明。因此，我需要这些永不疲倦的重复。我把它们都塞进了这本婚礼相册中，它们则像一排在自己盒中油光锃亮的水果，也许有点儿发皱并且甜过头了，这是事实，但它们还是永远都被封存在塑料贴片中，好像处在一片蓝色忧郁有鲸鱼但摸起来很干净的海水深处。需要再次打开那些纯洁至极、丰厚柔软如新娘嘴唇的封面，好用尽爱意地一张一张把婚礼相片放进小隔间里。

先生和夫人离开又回来，在这里住几个月，接下来又收拾行囊与衣箱，去西班牙或法国散心。他们离开又回来，觉得家里有我便可以放心，觉得我绝对不会放任任何不道德的事发生在无人居住的空房里，比如，在炉灶的铁锅架间厚颜无耻地小便，再比如，在半夜像捅破处女膜一样击破窗户玻璃，发出爆炸般的巨响。他们总是为了一个毫不重要的理由回来。有时是因为在远海接到了家族某个成员病重的消息，有时是因为在平静地吃早餐时，在冒着热气的咖啡前读到了某篇文章——它报道了今年非洲因干旱而产生的饥荒，或者在印度引起大量死亡的霍乱疫情的最新致死率。这些消息会吓他们一跳，把他们刺激得像家禽一样，在咋呼中全然忘记了优雅。所以，他们需要回家，好再次感到安慰，需要围绕餐桌坐在自己该坐的位子上，一口一口用旧勺子——现在摸起来好像更粗糙些——喝下我为他们做的汤，他们记得很清楚哪个盘子边有缺口，玻璃上的哪一处有裂痕，这样便可以避开那里。但这一次，一切都会不同。

他们为举办婚礼摸索了很久。蝴蝶围绕的婚床，金银丝线缠绕的灵台，两样东西给公主用都够格。他们整日在家举办派对，把新娘拿出来展示，如同在展示一个香气四溢的水果，果皮上还被精心切了口子，为的是加速它的成熟，让她的最后一滴纯真化作脓流出来。她的肉体让她十分惹人瞩目，堆在深渊的最高处，仿佛天使借来上上下下的阶梯。胡安·托马斯终于出现了。在几个月的坚持之后，他把订婚仪式的肖像照放在了床边的小桌上。此前，他邀她母亲来饮茶、往她父亲手上塞肥大呆板的酒杯，他塞得很用力，仿佛要把杯柄牢牢插在他的心脏与无名指之间，做玻璃做的第六根手指，她日复一日望着窗外，已经不等任何人，不对任何人抱幻想，最后接受了这桩裹在平静冷漠的毛毯里的婚事，如同裹在里面的希腊雕像。我不能哭。我感觉眼角开始流下两道沙，无论我如何眨眼，都不可能阻止它。图像在相册的相片里卷起波浪，每翻一页，浪都从一侧推向另一侧，不断摇晃、消抹。

看见杏树开始打蔫儿时，我第一次怀疑他们要回来了。当时花苞都还裹在萼片里，却都纷纷落了地，露台上一天之内就铺满了发灰的花骨朵儿，底端已经变黑了。我把它们都扫掉，恢复了露台的干净，但杏树依然蔫儿得厉害。就在那同一天，我把攒下的钱匆忙地抓在一起，走上街，买了那本相册。我把自己关在房间里，坐在了行军床上。找到它可不容易。封面得是白羊羔皮的，就像那天早晨她一直套到肘部上方的皮手套，当时，我还为她用小扣子调整的腕部的松紧。在想到那张内部满是尘土的皮爬上她的皮肤时，我不禁打了一个寒战，它包裹住一根根手指，如同包裹住一枝百合；包裹住她新娘的手，如同包裹住陷在她呆板裙摆里的两个小贝壳；包裹住她新娘的手臂，那双徐缓平静的手臂总是环抱着哪个扶手椅或座椅后背雕刻的玫瑰，或者拿着一束花，或者安静地睡着，新鲜、光润如同两条铺展在床单上的白雪通道。我有一次想起了仪式过后的她，躺在床上，礼服如百合的轻薄花瓣般扔在地上，像杏花一样打了蔫儿，而她，被折磨，被抽打，被吐口水，却毫发无伤，她在冰冻的镜面上呼出一片温热的污迹，在高潮来临时嘴里叼着白鸽的树枝。我不能忍受她这样在被愤怒撕碎、被无边愤懑搅浑的床单上随波逐流，毫不理智地试图毁掉那个安排给我们的命运，那个在纯净天堂度过生命的需要。接着我想，至少我可以尽责完成那项不知是本能还是意识指使我去完成的任务，想到这儿，我舒了一口气。

我进这个家开始伺候他们的时候，便意识到活着对自己已经不再重要了。男人的世界对我来说，不过是众多的喑哑人声、街上绵长刺耳的警报、大门附近毫无目的地靠近又远离的脚步。在来到这里之前，我一直在寻找爱，一直执迷于能在哪个男人的眼底找到它的想法，期待着某一天，在某个教堂捧着捐赠箱领受施舍时，在点燃某盏圣心许愿灯时，遇见一位和我心意相同的男士，去感受那主动脉中跳动的炸弹，心脏里没有装炮弹的大炮的骨骼，还有胸膛中翻滚的火药的撞击。但是那些男人都怕我，他们的心已经被转着圈地腐蚀掉了，甚至都不敢碰我。即使哪天他们同意和我回我的房间，也只是看看我罢了。他们会跪在我的面前，用不知廉耻的蝉一样的眼睛折磨我，没有一点儿尊重地把眼光陷入我身体的每一处，挑逗我的耳朵、嗓子，敲打我的脚踝，夸夸其谈，却不敢真的摸我，仿佛只要有一点儿进入我身体的想法，便会被拖出去打死。所以我无比温柔地拒绝了他们，但他们却因此大发雷霆，站起来吐出了一大串侮辱……他们总是把我打到失去意识。

我第一次见到她时，就跟她走到了家。过了一会儿，我按了门铃，他们开了门。我说我正在找工作，并向他们出示了自己最好的推荐信，如果他们当时没让我进门，真不知道我会去做什么。他们把我安排在了房子尽头的一个房间内，里面有一张铁制行军床，一把椅子，没有窗户。第一次穿上仆人的制服时，我把扣子扣到了最上方，西服外套的白线翻领仿佛胸前被浆过的两只翅膀。我在镜子里看了看自己，简单的剪裁很配我的脸，凸显了我发泡蛋清般的皮肤，它冷峻、轻佻，仿佛是被雕塑抹刀一刀切出来的。我戴上了好仆人必不可少的白手套，想着将来我所有的指纹都会被抹去，真要提前感谢一下他们在我的身体和我的活计之间放上的距离。

在先生和夫人把照顾他们独生女的责任交给我时，她已经要谈婚论嫁了。我的上帝啊，她是那么的娇生惯养、天真无邪，正在进入所有新娘都会进入的危险时期——一不小心名誉就会被玷污的时期，但至少，我们已经给她找到了一个看护人，可以管住她的任性，寸步不离地看住她，保证她每天都在上帝的庇佑下醒来睡去；一直守着她，阻止她脱光衣裳，阻止她贴在男人身上跳舞、用狡猾的阴部令我们动怒；保护她松软纯洁的茧，让它始终如她薄纱裙下的棉花糖；保护她直至她婚礼的那天，直至她成为真正的新娘，成为那只有我才能使之永恒的、完美却脆弱得让人生厌的存在，成为那只有我才能挂在半空的月亮，成为那已耸立到最高点，却在扑上海滩前被我止住的巨浪。

我第一次伺候她时，她正坐在餐桌前属于她的椅子上。我摆着荒谬的标准姿势，低眉顺眼向她倾身，右手背在身后，左手把散发香气的蔬菜拼盘小心翼翼地端在了她耳朵和肩膀之间，在这个恰当的位置，她不用回头、不用转哪怕一度，就既能看见也能闻见等待她的美味佳肴，同时可以继续将勺子伸进银枝银木般餐具旁的黄油湖泊，我离她这么近却又那么远，心中满是愤懑，但她对此却毫不知情，这就好像梦境重现。我为了再次看她甚至冲破了自己的眼角膜，我明白她已认出了我，知道我梦见她是因为她先梦见了我，她在玻璃另一边的、与我的路平行的路上跟踪我，把她的苍蝇嘴贴在了玻璃墙的另一边，想亲吻我，用攥成鸡屁股的拳头敲着玻璃，想打碎它。她无数次地跪在我面前，把温顺的鸽子夹在两腿之间，直到夹爆它们，想溅我一脸血，她还朝我吐热唾沫星子，却从来没能脏了我的身体。

第一次见面后的几天是我们的天堂时光。我用仙女手指准备婚礼菜肴，在蛋糕旁边织就糖浆的网，如果我能在她的头发周围织网，便会用这种方式；我在布丁上方撒上一颗颗糖渣，如果我能在她的肉体上撒糖，便会用这种方式；我极其细致地用叉子尖为阿根廷馅饼封好边、做好褶，如果我要封上她的眼睑，便会用这种方式。礼物到了，我把它们一个一个放在她的房间。我喜欢观察她冷漠地用指尖解开的那些银丝带如何落在地面，它们卷成管儿，散在这儿，散在那儿，仿佛一段段断了的笛子。

她从来都没高兴过。她总是带着同一种轻蔑的微笑看着我，并且在所有没达到完美的事物前保持着冷酷无情。我每天早上把牛奶咖啡端到她床前时，她总会噘着嘴，表示恶心，因为我为她准备的咖啡总有野腥味，我为她准备的果酱总有禽肉味。她总是大喊大叫地命令我，让我为她准备红色的多香果果肉浴，让我把她的漆皮鞋擦亮，亮到像蟑螂壳，让我一遍遍地为她跳舞，给她富家女的无聊下午找乐子，那舞名就叫作《与你共上天堂》。

那时候，她开始在周围闻来闻去，抱怨说有什么东西臭得很，叫我看是不是马桶堵了，掏粪工是猪一样低等的人，我就是这样的人，猪[1]一样低等，魔鬼拉出来的椰丝黑糖屎，浑身流脓长满痔疮的猪，所以闪电就该把你劈成两半，根本不配替我系鞋带，是的，哪怕我想，

---

[1]　作者此处所使用的 morraya，还有椰丝黑糖之意。

都不配去舔她拉过屎的地方。我把她的话藏在内心深处，用我血肉最柔软的纱布把它包裹起来，仿佛复活前的拉撒路，能再次流血前的拉撒路。听着她的话，我感到幸福，因为我知道她爱我，那是她宣布爱我的唯一方式。

因此，婚礼那天早上，我走进她的房间，仿佛走入了天堂。我把她散乱如碎冰的床单整理好，用纤细的手指把她枕头的蕾丝——它总是在夜里脱落——捡起来；接着，把她如从金色大洋葱上散下来的金色阴毛一根一根收集好，再把它们藏在胸前；把她四处乱扔——椅子上、桌子底下、床上——的内衣拾起来，它们就像马米果的内脏膜，包裹着她的大腿，它们就像有黏性的布，盖着她两腿间裂开豆荚般的伤口，覆着她腋下的腥臭山洞；我捡起她的胸衣，那里已经没有她心脏的果肉，我充满爱意地把它们折起来，放进了抽屉。接下来，我走进厕所，打开浴缸的水龙头，开始刷洗它。我看着水的漩涡，想着她的身体，想着那张如渔网般拦住她血肉的皮，拦着她，不让她溶解成无用的、一下就流走的汩汩奶水，强迫她停留在密集的网眼里，令她可以被触摸，给她重量和形状，让她凝结在时间里。我想着我是怎样一遍遍地梦见她，把她想象成男人，为她找男人，用不知羞耻地勃起的器官填满空间，践踏她们直到她们变成为快感服务的母鸡，直到她们跪在天堂呻吟，并终于变得平和、专注，如温柔的鸽子般吃着他们手里的食物，现在他发现她仍是新娘，仍旧是没被碰过的处女婊子，所以她仍可被救赎。我掀起了马桶盖，那个温柔的小孔就是吞食她蜜糖般美味屁股的地方，我无比细致地清洗它，把丝绸猪鬃刷探进了陶瓷管道的最深处，仿佛伸进了她喉咙的最深处。我比以往任何时候都更爱她，因为我知道，她是那样珍惜她自己的腐臭。尽管她的粪便需要像一条蜷起来的龌龊的蛇一样，去承担自己在她腹中的死亡，但它仍旧英勇、傲慢。我希望安慰她，告诉她所有人在小时候——那时我们看见自己背起自身未成熟就已腐化的肉体——就明白过来的道理，同时也承认，即便我可以令她永恒，也永远都不可能安慰到她，让她平静而知足地接受那个原本安排给我们的天堂。

一知道先生和夫人要回来，我便开始怒气冲冲地打扫房子。我使劲地抖窗帘，把它们甩到了天花板；我用力地擦拭大理石地板，无情地用肉涂抹石砖，跪在地上用番茄色的石头打磨地面，用玩偶的残肢推着海绵布清洗地板，直到它们粘在我手心；我奋力地清洁水龙头，让它们在夜间如星辰般闪耀；我用椰子油、柠檬油、檀香油涂抹家具上的玫瑰雕花，以便他们回来时，这些家具能更周到地接待主人，木头或软垫的表面能更贴合他们身体的形状，要把他们收留在它们的平安里，护佑在它们的胸怀中。

他们已经等了一会儿，想等到下午四点多再进入房子。亲友们从机场就开始陪伴他们，一行人慢吞吞地，挤在人行道，堆在街拐角，在街上摆出歪歪扭扭的一列密实的鲜花队伍。我感觉到汽车已经来了，脚步声爬上了楼梯。相册在桌子上，那么明显，就是为了让他们注意不到，太明显了。他们本能地排好了顺序，形成了乱糟糟的一支军队，从大门进来。贵妇们事前都去了美容院，发胶捋直的发型梳得一丝不苟，整齐到完美。一个顶着满头发卷的脑袋过去了，卷很小，很对称，仿佛一碗螺旋意面。一顶仿佛上了漆的堆在脖颈处的假发过去了。一件被汗湿透的巴洛克风格的男衬衫过去了。一切都是崭新的，线、丝绸、黑色正装。珠宝当然也是。珍珠和钻石的刺猬胸针别在翻领上，最衬脸色；项链与戒指配成一套，水滴般的钻石仿佛欢快多动的小脚，坠在那里摇曳生姿。他们逐渐在客厅坐下了。对话很热闹，傍晚，一行人又如一团昆虫云，忽闪着扇子做的不安分的翅膀，乌泱乌泱地去了海滩。贵妇们拿出手帕，擦着眼泪和汗滴，拭着脸颊、脖子、太阳穴，她们全身都在哭，泪从红了的眼角、后背还有两条大腿间流下来，汗渍让丝绸变硬、变黑，让它冒出盐的光泽，闪着数千个大头钉的光泽。她们现在换上了黑如花岗岩的礼服，相互使眼色、轻声耳语、柔声呻吟，一些人摇晃着朝后去，一些人晃悠着向前来，仿佛小型的合唱团，浑身闪耀自信的光芒，她们一直在说着，说着，舌头划过胳膊肘，划过大领口内侧，划过耳后，她们的每一个指甲里都藏着一根舌头。我在她们之间穿梭来去，端着叮当作响的托盘，为她们送上了鲜榨柠檬冰沙。

先生们都一屁股陷进了扶手椅中，那些椅子散着一种萎靡松懈的味道，仿佛一堆放了很久没动的羽毛。他们向我要咖啡、要茶、要阿司匹林。穿花岗岩黑礼服的女士们聚在一起，今天我们一同分享、一同承担这悲痛，并且相互陪伴，亲爱的朋友，我们是很爱两位的，自从婚礼那天后就再也没有见过面了，葬礼也那么仓促，我们知道时事情都已经过去一段时间了，二位也已经离开做长途旅行，人们说当时您和先生不得不去收拾她散在挡风玻璃上的脑浆，因为第二次撞击把她甩向了前面，说撞完之后好一会儿，玻璃还在继续碎裂，碎裂成细长的渣子，纷纷扎入她的脖颈和肩膀，仿佛在她身上下了霜，她那时还戴着橙花花环，穿着婚纱，纱裙上成千上万的金属薄片，锋利带齿，像火焰又像北风。好像有人想冻住她，让她永远保持那时的样子，天使皮肤般的婚纱在她周围凝结，如同一处缓流，歪着的脑袋，脸朝下，在水流般的发丝间窒息。可怜啊，我们很爱二位，因此十分悲痛遗憾，想与二位分担这痛苦，所以到这里来悼念她。不可能了，我们已经毁了她的所有相片、所有礼物、所有记忆，不想知道这方面的任何事。我终于让他们把头靠在了椅背漆过的玫瑰上，把鞋子陷入地毯无比柔软的短毛中，闭上眼睛，不再说话。

很快有人看见了桌上的相册。他们小心地检视着它，抓着它的侧面，却不敢打开。它怎么会在这儿呢，他们惊诧不已。那记忆如同燕子用石子砌成的窝，应该给它洒上热油，从上到下浇上醋，给它的嗓子眼里灌上木馏油。然而他们已经没法阻止这本相册了，它开始在大家的手中传阅，在人们的臂弯中蜷缩又展开，顺从地躺在众人手掌中，他们没有办法抗拒它，最终打开了它。人们聚成小堆，一起翻阅，最初只是生气、抱怨，对炫目的场景表达不满，接着，越来越兴奋的他们开始与他人的好奇心交流，嘴里满是口水地观察着新娘如何一次又一次地屈从于我双手间的活计，我的手一刻不停，勤勉、炽热，如昆虫般跳动不息，目的永远明确。她任由我在那个厚颜无耻的家庭气氛中帮她把银河般的戒指戴上无名指；任由我把她婚纱的百合拖尾放在身后，按照我的要求，把身体摆得像一株雌蕊；任由我帮她整好脸庞周围一层层陈旧的头巾褶，望着我从柔软熊蜂的蜂巢深处望向她的眼睛。塑料薄片闪着光，沸腾的蜡粘在了他们手上、脸上、胳膊上，他们徒劳地想扯掉它却做不到，于是都变得沉默不语，嘴里、毛孔里、腹股沟，甚至腋窝里都没了能搅动的舌头，一个个痛苦地扭动着身躯，想要逃离。

一组组家人和朋友逐渐起身，相互亲吻、亲切致意，互相拍打肩膀，弄得手腕上塞满钱币的腕包哗哗作响，他们站在祭台镜子前用最新款露华浓产品精心涂画在脸上的面具此时也已经化掉了一些。这房子干净得过火，他们好像是有意打扫成这样的，好让我们早些离开，让我们不舒服。当我们的鞋跟埋进地毯，甚至可以听见毯子的叹息，地面也仿佛在拉扯我们的鞋钉，他们回来时带着那么多显而易见的回忆，缠在他们的腰间，如同紫色的薄绢，一切都能让他们哭泣，让他们把头发抓直，每时每刻他们都感到有叹息从嗓子爬上来。我开始不动声色地把他们往大门那里赶，贵妇们已经结束了念颂《玫瑰经》，纷纷咔嗒一下把念珠塞入了镶金银丝线的、心形或蝴蝶型的利摩日牌白瓷的小盒内，在花饰链的最底部，还有一品红的花朵在左右摇摆。您可要好好照顾他们啊，可怜的人，这一切对他们来说简直太可怕了，幸好他们还有您，如今已经没有家庭还保留用人了，你肯定知道该如何一点点安慰他们，在他们离开房间时为他们端上炖汤，把椴树叶茶或番荔枝茶放在铺好洁白蝉翼纱或硬麻布的钩织垫的托盘上给他们送过去，让他们安神。某个人用舌尖舔了舔干裂的嘴唇，真热啊，这些哀悼活动可真烦人，不过至少咱们看见了那本相册，婚礼相册总是美的，新娘们都带着一种神秘，还有一种耀人的光芒，让人不得不眨眼，不得不把一只手挡在眼前，像是在抵挡一次雪崩，或一次混凝土建筑的坍塌。他们拖着脚走着，腿上一块块的肉在恐惧地颤抖，我走向门口，为他们打开了门。

在守了几天灵后，先生和夫人感觉好些了，认为继续住在家里无益于健康。他们决定搬到非常受欢迎的新兴小区去生活，那里有家用焚烧机、垃圾粉碎机、小狗专用电梯和罗马浴。就是在那时，在这个家里，我的心变成了一团铁。轰鸣着。剧烈跳动着。火药球四处碰撞。在她的眼睛里、耳朵里、嘴巴里爆炸，为了破掉她的处女之身，为了炸裂那玻璃皮肤，那张被细致至极地打磨过的面具，那张包裹住她的、甜到令人恶心的面具。炸开她，好让她能感觉、能参与，能在这么长时间之后再次从她的盒子里冒出，仿佛从蓝色的水底浮起，并可以抵御世上的一切痛楚。一丝一丝地拆掉她，就像拆掉一顶头纱，进入她，只为毁掉她的大腿、脖子、手臂，直到将她化成一堆灰烬，明亮又锋利。现在她所留下的，不过是一片贫瘠的荒地以及我在打开这栋房子大门、在属于我的小房间坐下来时所感到的奇异的舒适。在这里，我可以继续安心地翻看相册里的相片，继续构建她，把她用一面一面墙、一个一个隔间分开。在这里，我可以在平静中慢慢消抹、打磨、修剪、重塑一百次她的完美新娘的形象：永远跪在钻石圣体龛前的中国丝绸矮凳上。很快，我便开始留心去看那双从我开始翻相册时就在一页一页间观察我的眼睛，那双半掩在她头纱水流后的眼睛。我于是停了下来，因为我知道自己的找寻已经结束，知道她终于炸断了我的肋骨，强迫我出生，并重新认识自己，和她一样，未经碰触且不可碰触，我停留在这一陶醉出神的时刻，在这一刻，我引诱着自己、爱着自己、哺育着自己，拉长的蜻蜓转着圈飞翔，我是正在呼号的囚徒。我跪了下去，开始祈祷。天主的天使在此，请神按照神的话语在我身上做工，我是金子，我再祈祷一次，因为我们一同发现了属于天使的时间，我是统一无瑕的绿色，过早被从枝上折下，我的肉体既不认得静脉，也不认得渔网或缰绳，我小心翼翼地自我祈祷、自慰、自我安慰，在她的死亡的时间里，在我死亡的时间里离她越来越近，新娘的死与她仆人的死，二人将被流放到同一个天堂。

马机诺兰德拉

我们，马机诺兰德罗，就是我们自己，先生们，我们马机诺兰德罗，架着我们的机车，来到这里。嘿！我们是天主的楚马拉卡特罗绞盘工，今天，我们在圣胡安日来到这里，先生们，是为了向大家做出预言。我们，宽厚仁慈的圣克莱门特的占卜者，是刚果鼓皮肤下愤怒内脏的先知，我们这些享乐者、备受恩赐者、受法警迫害者来到这里，是为了让大家共沐神圣，为了用光芒打动大家，用月光照耀众人，令各位得以重生。小车载着我，我们大声叫，乐到不停笑，在伊斯玛埃尔的指挥下，在颂乐[1]的伴奏下，我们争吵不休，鼓声不停。我们是被审判的、被浊污的牲畜口鼻嗅到的、被贪婪法警的猪鼻惹恼的人。我们是像蟑螂一样在暗中到处躲藏、像脏水一样被泼向城郊阴沟里的人。我们是拉伊、罗贝托、威利和埃迪，上帝养育了我们，在伊斯玛埃尔的指挥下，我们聚到了一起。伊斯玛埃尔是备受恩赐的人，因为上帝会听他的音乐，祂把自己的腰背伸展在他面前，对他说，打我，使劲打我，我的爱人，我的鼓打起来可真好听。邦戈鼓手伊斯玛埃尔，邦邦邦，咚咚咚，敲打着上帝的皮肤。伊斯玛埃尔·拿撒勒，人民的黑人基督，被银色长钉[2]钉上塞莉亚·克鲁斯[3]的十字架。他们让唱针扭

1　Son，形成于十九世纪末的古巴音乐类型。
2　同时也指黑胶唱片机的唱针。
3　Celia Cruz（1925—2003），古巴著名女歌手，被称为"萨尔萨皇后"。

转、晃动，创造高保真的反抗。小车载着我，我们大声叫，马机诺兰德拉，在伊斯玛埃尔的指挥下，楚马拉卡特罗绞盘工，我们邦邦邦，我们咚咚咚。被召唤的伊斯玛埃尔在召唤我们，先生们，伊斯玛埃尔把我们聚在一起，我们这些猎手，专捕受孕于上帝的白鲸。我们这些被审判的、泪水颂乐的乐手，在垃圾堆的烂泥里，伴着冒着臭水的管道，用血淋淋的双手敲打着乐鼓。我们这些从监狱被悄悄救出来的人，感谢塞莉亚——节奏女神、摇摆女神，叮吧啦贡吧啦贡吧叮邦叭——神圣十字架的恩惠，她从嗓子里尿出她声音的滚烫甘蔗酒，净化我们，用上帝直肠里被甩直的愤怒抽打我们。我们这些楚马拉卡特罗绞盘工，我们这些最后一场燔祭——它将导致最终的大爆炸——的司炉工人，今天来到这里，先生们，是为了让你们所有人加入我们，为了让你们在我们的机器上，奋起反抗，扭头造反。

我一动不动地站在自己牢房的地板上，听着这些话，大致能听得清楚，我把耳朵贴在地砖上，听见那边又唱又跳，声响都裹在我呼吸有节奏的呵气里，裹在我头发和胡子间生长出来的温热潮湿里，让我变得脆弱，那潮湿在我面前的那团难闻的热气中冒出来，通知着我，准备着我在几秒钟后必须穿过的空气，只有穿过那空气，我才能确定自己的存在，才能确定我还活着，能从它们在某种意义上讲已经永远闭上的嘴里吸入我的哈气。它们的嘴粘在向内分泌的脓液上，这样的情况几乎是所有类型腐烂分解的隐秘开端。但我并不着急。从额头生出的冷静思绪像雪一样落在整个身体，染白了我的胡子，填满了我嘴唇柔软的曲线。我并不着急。我闭上眼睛，看见它们一间一间穿过我度过了这么多年的地方。我被活埋在这名为坟地的监狱里，但却没有停止做梦，没有停止唱颂乐，用身体和灵魂，用音符和文字，即兴想象着我回归世界的情景，耐心寻找最准确的句子和将我的面容和空洞的周遭分隔开来的确切表面。我在黑暗中用指腹来定义它，摸索它从哪里开始，那个我所占据的、让我向内部萌发的空间从哪里诞生，我一次次触摸，用这种方式熟悉自己，用这种方式倾听自己，伊斯玛埃尔，在富人家写歌的佣人堂娜玛尔格特·里维拉之子，马机诺兰德拉，倾听自己被困住的猪肉绦虫，因为腹部的寂寞会吞食一切，并被永永远远囚禁在寂寞里。

我仍不知它们是在何时何地被关在何种节奏里的，亦动亦停，骄傲又严厉；不知它们将在哪几根如乐谱的钢弦间被唱起，被永远固定在哪一个仍旧松散未被组成的句子里，被安排在那个只有我才能预测的语序里，存在于现在仍旧被忽视，但终将被它们统治的众多词语后面，叉着双腿，淫邪放荡，把用嘴唱出的整个生命彻底吐出来，对自己的力量绝对自信。从现在起，我可以说我并不知道什么是秩序，而且我也不在乎，我并不太注意前后的关联还有内容的意义。不知道妈妈会不会带着它，在帕卡尔马街的斜坡上平静地唱着它，不知道塞莉亚会不会也带着它，从在莱万特时就一直背着它。不知道我会不会在茹斯香菜味的腋下闻到它的臭气，不知会不会突然在露斯残肢地狱般的巨响中突然察觉到它的存在。不知道在麦迪逊广场公园一分钟旋转一百圈的伊莉斯的惊人节目面前，自己是否会继续等待它的胜利，是否会在阿拉斯加的谢肉节上，点燃人们的热情，远远地望见它的身影。我不知道自己是否可以在快乐地敲打刚果鼓时，在它臀部的诠释学中第一次明白它的意义，是否会在那个从波多黎各落向世界的小篮子——它的背后有一个燃烧的火环——面前最终感受到它的热度。

　　我被自己牢房的墙壁环绕，对我来说，不存在任何我所占据的空间之外的空间，我已忘记了时间的流逝。没有什么会中断，没有什么会开始，没有什么会结束。我只在乎怎样去创造她，或者怎样找到她，不过这两者是一回事。日复一日，我像一只发情的野兽，追寻着她的踪迹和那被抹在她所到之处的带有油污的线条，我也见证着她每一次与爱的凶猛相遇，或者每一次与死的凶猛相遇，不过这两者也是一回事；我远远地察觉到那些已经不再爱她的、现在应该被消灭掉的人的恶臭，察觉到那些坚持要忘记她、想让自己的括约肌继续完好无损、被烧灼术封起来的人的恶臭，实际上他们已经在垂死挣扎，内心的深渊已经在一滴一滴流脓。

现在拉伊是首领，领导着我们，他裤子大腿以上部分的接缝处有飞龙闪过，外套背后有箔片堆成的火海，他用小号为我们指路，把一根手指放在唇上让我们小心提防，要我们跪着藏身于黑莓地，铁刺菜抓着我们的脚腕，钢苍耳粘在我们的手肘，他把弯着腰的我们引入了发了霉的小道深处和地狱般的野草丛，用被烤红了的手臂拨开了湿乎乎的椰子蟹和蓝蟹带刺的钳子让我们通行。伊莉斯、茹斯、露塞希塔已经超过了我们，我在苦楚的淤泥中看见了她们的踪迹。她们知道我们会到她们身边来，所以一边耐心等待，一边缓慢平静地往海滩走去。神的圣人、魁伟圣人、不死圣人达尼埃尔[1]陪着她们，达尼埃尔，主啊，请使我们远离所有的恶，从现在直到永远。他走在第一个，不安分的肩膀左右晃动，在生锈的废铁中为她们开辟出一条窄路，又在她们面前钻进了潮湿的金属雨林，发霉树干的血液弄脏了他的白衣，他也毫不在意，只顾在她们眼前鼓起他小恶魔的胸膛，为的是在他声音的森蚺沉睡其中的神圣木箱前给予她们勇气和激励，当他开始唱歌时，那粗壮的蛇便开始翻搅着身

1　达尼埃尔·桑托斯（Daniel Santos，1916—1992），波多黎各音乐家，被认为是历史上加勒比音乐最出色的诠释者之一。其绰号为"不安分的小恶魔（El Inquieto Anacobero）"，其中"不安分"指他的生活方式，"小恶魔"是他曾演绎的一首歌曲的名称，在一次电台节目中，他被主持人误称为"小恶魔达尼埃尔·桑托斯"，从此他本人便将这一绰号沿用下来。

体探出来，像是在轻轻噬咬着什么。

我打开收音机，听见了一直以来的那个声音，它在描述一些结不出果的果树，还有一些从山顶流下来的带着硝酸银泡沫的泉水。无聊的重复让人厌倦，于是我开始看见她，裸着身子，坐在刚刚涂成白色的木台上，张着嘴，像是要唱歌。空气闻起来像烧着的牙齿、染病的指甲，那个声音继续说着，我则继续仔细观察着那个身体，但却看不见她的脸，因为她一直把它藏在手掌后面，把它关在血淋淋的指甲围成的牢笼里。突然，有人把七喜饮料凉冰冰地泼在了她身上，液滴在空气中顺着她的下颌划下，仿佛划过了一个被刀刮去毛的私处。海中摇着液氢的浪，不断有死鱼被拍上岸来，那声音重复道。液滴开始溅在她的脖子上，在她脖颈周围围了一圈胶状的、滑腻的鱼饵，饮料开始溅在她挑衅地摆在空气里的赤裸肩膀上，开始溅在仿佛装满冰碴的暖水袋般她紧实的胸部上，大地离开了它的脏腑，熔化成一吨吨潮湿山脊上的内脏。现在，那声音已经变作在我牢房墙壁上的嗡嗡声，来去回响，直往我耳朵里钻，这让我更清楚地看见了她，饮料从她因气喘而起起伏伏的腹部划下，她有一头母牛的肺，一头粗鲁又美丽的母牛的肺。

罗贝托超过我们，领先了。他让我们明白，必须要快速到达海滩，他用他的笛子喷火器熔化了金属杂草丛，为我们开辟了道路。银钥匙落入他的指间，在被撬开锁的汽车底盘上喷火，在翻了车的、座椅和玻璃散落一地的汽车外壳上喷火，在不让我们通行的碳化了的汽化器上喷火。宗教游行队伍很快就会赶上我们，我们已经能在罗贝托黑梨一样的墨镜镜面上看到他们的影像，从他高低起伏的急迫前行的身体，从他茄紫色棉缎衬衣的剧烈跳动便可以看出他们的切近。他们会率先到达，我们可以从这里远远看着筋疲力尽的他们扛着刚刷过漆的木板高台向前拖行，一会儿，表演就会在那儿进行，她们会在那舞台上唱歌，吸引他们的注意力。众人肩上扛的玛利亚的石膏像摇摇摆摆，西班牙神父喃喃絮语，不情愿地含着满嘴唾沫怂恿言说，童贞女、玛利亚童贞女、上帝之母，在绿色乙烯的山脊上上下下，黏腻的路面涂抹着他们的鞋底。我们这些上帝的楚马拉卡特罗绞盘工，就是我们自己，先生们，我们看见大家远道而来，很早就望见了诸位，身穿铝衣，脚踩砂石与污垢。大家都离开了自己的家，不会被任何事吓倒，不会因任何事恐惧，就是这样，先生们，就是这样，大家就要到海滩了。能看出来，他们都有些不安，肩膀在铁盔甲里上下移动，戴着狗嘴面具嗅闻着周遭环境，怀疑地探看着到达海滩前自己需要穿过的一氧化碳气。他们固执地要去看海，仿佛是要去看自己的灵魂，要看它在铁石间退去，散着臭气、湿气，沸腾着，一直蔓延到海天相接之处。藏身于杂草丛中的我们看到，他们从列队的警官、热爱暴力的警察、无数麻醉弹和装备有望远镜和后视镜的人身边经过。我们知道，所有的路都已被封上，挤满了后背背着机关枪、腰间挂满脏兮兮手榴弹的骑兵中队，向后推过去的头盔像极了翻白眼时的白眼球。

我从地上站起来，躺在行军床上，闭起眼睛微笑了起来。我用记忆跑遍了往北走的六步和往南走的五步，这是我的世界的长度，我很高兴。我并不着急。从额头生出的冷静思绪像雪一样落在整个身体，染白了我的双手。我不慌不忙地检查着床头挂着的铁制念珠。我呼吸着百合花茎的芬芳，但妈妈肖像前的它们已渐渐弯折、枯萎，乱作一团。我若有所思地吸着那香气，把它和总为我嘴唇染上香味的香烟味道混在一起，把它和那盏照亮我眼睛的蓝灯——它为我的眼蒙上甜蜜的灰尘，让我和我的眼保持美妙的距离——的味道混在一起。百合的茎从腐坏的水里探出来，仿佛碎柴穿过浑浊的眼。我任那垂死的、肮脏的、纪念我母亲的花朵的香气催我入眠，搅乱我梦的睫毛。我想，百合生长时，花蕾聚在一起，一个挨一个，像极了温柔蜥蜴的脚趾。有一天，我会知道她是谁，什么样，有一天我会不再构想她。我吸着蓝色的香气，再次开始想她，我要愉快地把那些枯萎的百合从它们花茎最细的地方拧断，就像折断她关节最脆弱的地方，我会抚摸在我手中愤怒扭断的她的细长的绿色骨头，它已被腐烂的星辰和死亡的手套所覆盖，我最终会看见她再次绽放，因为她的整个身体因死亡的高潮被播种在了各处。

我们知道这很难，但却不是不可能的，先生们，我们这些马机诺兰德罗细致地策划了一切，为我们机器的所有汽缸、所有涡轮机、所有触发器都上好了油。我们推动着滑轮，转动着传送带，一次又一次演练着我们的动作。我们知道，他们把我们的照片贴在了所有公共厕所的便池里，贴在了所有教堂腐朽的大门上，贴在了所有公共汽车一闪而过的车身上，贴在了他们用来填塞整座城市的活性炭布包上。我们知道，追捕手在暗中监视我们，嗅觉灵敏的探子在追踪我们，下水道的芦苇将我们包围，逼我们快速行动。

我们看见了威利，现在他是领头人了，胡子像热热的百洁布一样裹着他的脸庞。一会儿这面孔将会被火丝围住，因为那个永远如一的太阳，嵌在乌云钻蓝色里的太阳将会把他的胡子点着，不过威利还是先挑战了一下它的权威，他伸出手掌给我们看，那双备受恩赐的、敲打康加鼓的手，咚咚咚、叮叮叮，鼓动我们在他双手的魔力下一个接一个跳起康加舞，一直跳到我们都瘫倒在炽热的沙地上，每一拍都在我们的心中塞入仇恨的小囊袋，一开始在左上方，后来传遍了全身。我们收到了警察们的拳头，它们落在我们毫无抵抗能力的肉体上，让我们记起了那些溅在我们身上的狼的口水，多少个世纪以来，它不停喷溅在我们干瘦的身体上。我们马机诺兰德罗，拉伊、罗贝托、威利和埃迪，这些泪水颂乐的乐手，在黑夜中出逃，在恐惧中出逃，在出逃中逃逃逃，野蛮公牛的孙子野蛮小牛们在黑暗中不断撕咬着飞快逃跑的软鞋跟，让我们想起了过去的追踪迫害，一个接一个，直至汇入了现在的这个，这个对我们山野颂乐的大追捕，这个对我们歌声的凶残暴烈的狩猎，这个让我们如同红树枝叶间的马齿苋一般蔓延开来的迫害。

我再一次合上了双眼，又把它们睁开。我每小时只眨一次，仿佛一只蜥蜴。百合的烟从我的胸膛飘上来。它在越来越慢的潮汐中侵入我的身体，又化作一串香气，离开我的身体。我现在可以从正面看见他们的脸了，他们高低起伏、半透明的脸。它们映在慢慢静下来的水面，并且一直沉到水底，仿佛一个梦的沉积。我看见他们眼底的淤泥在生长，意外地给他们的眼窝添上了一片清新，小号一样的嘴从垂直下方看着我，浑浊不清，长满了水藻。我几乎可以把手埋进水里，用指尖摸到拉伊的长号、罗贝托的笛子、埃迪的鼓、威利的定音鼓，还有他们一直随行携带的邦戈鼓，他们总是想，我什么时候会回去，会在随便的某一天和他们聚在随便哪个咖啡馆，坐在他们身旁。我怠惰无力地瘫在床铺上。闭着眼，手脚挂在床沿儿，仿佛死鱼一般，这样做能让他们的形象出现得更有力一些，让他们在黑莓丛中从左右两侧保护好她们。

伊莉斯、茹斯、露塞希塔，也许塞莉亚和妈妈也平静地走在她们身边，不知天使会骑上她们中谁的脊背，不知我最后会趴着饮下谁口中的空气，最终在谁的眼底会找到她。我长满疥疮，像条无主的狗，根据她们每个人的痕迹追寻着她们，浑身淌着血，在珍珠街区、在清洁用的金属水桶旁打听着她们的消息，她们会经过那里，咚咚咚、叮叮叮，从工人街区快乐地跳到十五街区，再跨一步，到达旅游区。我一动不动地陷进了床铺，仿佛陷进了一片云雾浅滩的肚子里。伊莉斯、茹斯和露塞希塔在耐心等待，她们在耳垂后面抹上了一滴香水，喝下一杯酒，等待着登上舞台的时刻。

威利是第一个被发现的，他在红树林外疯狂地跳着康加舞。现在他已经不行了，在我们面前缩成了一团歪歪扭扭的铁丝，在我们眼前变成了一个自焚成碳穿橙色丧服的苦行僧，全身上下覆满了红宝石。康加鼓的鼓面皮向周围炸开，变成了金黄的炸猪皮，一个警察用食指一按按钮，熄灭了喷火器。话筒平静地念诵着童贞女，童贞女玛丽亚，上帝之母，凤凰木塑料花的有弹性的花苞上覆满了污油，海滩上的一串串霓虹灯点亮又熄灭，像彩色的葡萄，风吹着高压模具压出来的橡胶树叶。一条深蓝色的线在主席台周围形成了一个方块，这里有金色的警察徽章，那里有一块护目镜的碎片，那边有一个在阳光下闪着光的制服纽扣。中间，一大团灰色在移动着沙粒，还有一连串叮当作响的声音，一双双监视着黑莓地的谨慎眼睛。

现在换埃迪领导我们了，他在我们中间走过，把定音鼓敲出了炸裂声，并给了我们每人一罐七喜。他把它举在空中，逆着光，咕嘟咕嘟地灌下了那穿过牙齿的冰凉甜水，水流从敏感的嘴角流出，顺着胡子滑下去。是埃迪在帮我们计算与周遭事物的距离，整个海滩布满了圆面包鸡腿肉排气孔刹车杆挡泥板方向盘易拉罐罐头黄铜指示牌"请勿乱扔垃圾""扔垃圾请入桶"，盖住了排成一条链的人们的赤裸的脚和钢制高跟鞋。

我们笑了笑。没人注意到什么，没人反应过来。闻着我们的音乐，大家开始跳舞，萨尔萨已经开始让他们的两腿之间湿润起来。埃迪为乐鼓的炮弹镀上了锌，罗贝托幸福地挥动着笛子喷火器，拉伊把小号举到眼睛的高度准备发射。我们戴着墨镜，这样便可以在沙暴中看得更清楚，看见风沙抬起了爱踢人的红扑扑的脚和左右出击的腰臀，那边太妃糖般的身体热到冒烟，我们眼前如腌肉条般的身体则晃个不停。主席台两侧的警察叉着双腿，聚精会神地观察着那些人，他们陈旧的陶瓷微笑正渐渐熔化，顺嘴角流下。

我深深吸了一口百合的烟气，我插在唇间的蓝色的星的香气。现在需要记起一切，炸弹中鞋带做的导火线、小号里被磨利的刺刀、笛子中灌入的最强力的燃料。我需要在所有的准备活动中协助他们，倾听他们，他们高兴地带着乐器和音箱，穿梭在特拉斯塔耶雷斯的一个个酒吧间，或是在提比里达巴拉的码头卸货区这儿晃晃那儿待待，准备着小型袭击，在某个小制糖厂纵火，在哪家化学制品或女性除毛制品厂制造爆炸。我需要看清他们，走在他们身旁，在他们埋葬东京的死者时陪在他们身边，需要和他们一起为码头妓女治疗硬下疳，需要跟在那些在贫民窟用钩子为自己流产的女人后面。我也需要谦卑，在酒吧的裸女面前下跪，任她们把我的脸打出血，把它按在她们覆满尘霜的私处，帮助她们温柔地在手掌上放一片草药，再将它藏于生命的褶皱深处，教会她们如何在海军陆战队员的背上画下爱的十字，并以此提前铭刻我们之间的血盟。

童贞圣母像在那片不安的脑袋上停住了，摇晃了几秒钟，失去了方向，一下栽在地面，她嘴巴的碎片里，断了最后一口石膏烟气。那时，我们终于迈出了第一步，我们马机诺兰德罗，在我们的机车上。小车载着我，我们大声叫，马机尼托兰德拉，在伊斯玛埃尔的指挥下，我们在合唱，楚马拉卡特拉，颂乐停不下。枪托狠击，哨声乱响，手臂折裂，小腿截断，突然间所有的闸门、汽缸、镇压闸门都关上了。男人们和女人们看见自己被可怖的极端世界的棍棒与护栏伤害，向天空发出了哀嚎怒吼。先生们，我们以前就知道现在所有人都知道的事，那就是我们之前什么都不知道，并无新事，其他的我们一无所知。抓起棍棒，捆起手杖，屎壳郎们愤怒地击打着周围的一切。我们笑了，习惯了战火的我们，热切的我们，奏起了我们腰臀的颂乐，幸福地唱出名言警句，伴着我们节奏的粗言蠢语，尽情舞蹈，跳出他们几世纪的顺从卑屈，和他们对自由的千年期许。那时，我们看见了，在我们那仿佛来自天国的音乐中，人们跳着萨尔萨，在萨尔西普埃德斯的石路小巷中相遇、相认、相互致意；激动地爬上阿尔托埃尔卡布罗落了雪的高坡；幸运地在波士顿勇士队精致的花园中玩球；愉快地在马鸣园的耀眼草坪上驭马跳跃，最终，所有人相聚，在灯火通明的街道上，在充满爱意的人群中相互拥抱。我们这些马机诺兰德罗，之前也一无所知，没有新事，我们所知仅限于此。

话筒中有祈祷声流出，混着哀求声、在塑料假花中翻滚的被打烂的脑袋的呼救声，这时，我们第一次听见了那种类似冒泡的声音从童贞圣母被摔碎的石膏头颅中传出，一种从被打开的头骨上流下的仿佛浓稠浆汁的声音，那浆汁闻起来像香叶和百里香，也像盛放的欧芹配杏仁，那声音温吞、迟缓，在千年炖肉锅中不停喘息，那声音很轻柔，像用渗着血汗的铜锅慢煮海芋和黄体芋，嘟哝着，顺着被打掉了肉的下巴滴下了牛至草叶味的液滴，那声音也像咒骂，大蒜小心翼翼的甜美的咒骂。是茹斯拿过了指挥棒。是茹斯张开了嘴，让鼻腔星辰下的口中巨蟒钻出来，好把她的和平传递给我们；是茹斯在所有木斧、短鞭、拳头的周围绕起了她充满善意的指环；是茹斯在她声音的黑天鹅绒上撕出深渊，好给我们时间。我就是我，她唱着，来自蓬塞的黑人，醉美人，沉醉于所有语言；她在深渊旁打开她被割断的海象声门，好吸引他们的注意，我就是我，她温柔吟唱，心中被神充满的黑人，我为参议员们喂奶，用我的和平哺育他们，在我乳房深深的港湾中催他们入眠。我就是我，她唱着，慢慢斩断了他们呼吸中的柔软静脉，向他们吹着烟草叶的香气，好让他们平静，让他们在自己昨日记忆的满夜星辰之下昏昏入睡，让他们在她思念之情碎成的蓝宝石中进入梦乡。她是那么地想念老圣胡安城的堡垒洒下的阴凉。

她无动于衷地坐在雄伟的木台上，觉得刺刀刀刃皱成了衣裳的饰边，那时，我们看见她的整个腹部都在颤抖；我们还看见，钢片切在她的脸颊上，她的嘴越张越大，把呼吸中的水陆沟渠越拓越宽；感谢世界，我们看见，在他们把硝酸盐炸弹架在她脖子上时，她仍旧在歌唱；我们看见，她把声音中的温和巨蟒抬起来，化作最后的爱的滴水嘴，随后从舞台高处掉了下去，躺在了她自己死亡的恶臭中，但她直到最后都还在祝福我们，带着遗憾、惋惜，带着她无尽的波多黎各人的哀怨，为了我们向非洲七神祈愿。

他们认为自己在那时就获得了胜利，把庆祝的嚎叫吼上了天，把锁链和冲锋枪举得很高，拼命摇晃。但等他们明白到底发生了什么时，已经晚了。如枝桠的白铁叮咣作响，挡着子弹，当地震般的扫射把毫无准备的众人送上天空时，一场耳光雨在我们周围骤然落下。被烫得像炖猪皮的人们被挂在树上，她浓稠月经的路西法浆液溅在了他们的眼睛里，让他们通通失了明。是露塞希塔接过了指挥棒，是露斯费里塔顺着弧旋形爬上去，用溜溜转的眼睛瞄着锅盆炽热的侧面，是路斯贝拉，是上帝随从路斯贝尔的女版，贪婪的食太阳者，永远被捆在自己的火焰中，朝向东方张着双腿。

她是那时最美的光，安德里斯群岛上所有黑人中最美的黑人，攥起拳头的露塞希塔，有大蒜尖牙的露塞希塔，这片神圣土地上曾出生的最淫荡的女人，被照亮的露塞希塔，被紧绑在爱里的紫皮肤的女人，被恨意松绑的疯狂仇视肤色不公的女人，凶狠的露塞希塔，被富有的圣徒永远诅咒的女人，拒绝虚假光环收买的女人，用自己的尖嘴刺破他们脸孔的女人，穿掐腰裙的黑女人，有黑色后脚跟的女人，有黑人歌声的女人，被钉在北极天空中的灵魂最黑的黑女人，没有任何人能说那个黑女人有个白灵魂，高雅、节制的白灵魂。玻璃的露塞希塔，黎明的树梢露塞希塔，最有同情心的女孩，从海岸到海岸，因为鲁莽粗糙受人嘲笑，迷惑的露塞希塔，有精致双脚的女人，你在那条你唱着歌经过的路上迷失，却去照耀着所有不被庇佑的人，挺着你野兽的身体，燃烧着你灶神的身体，虽然被抽打，被贴红字，但却用你的火山熔岩给风带来痛击。

骑兵中队被不停从她口中飘出的硫酸云的重量吓蒙了，他们围着她，用莱福枪的枪托砸着她，却不敢命令她闭嘴，他们在那个挺立的撒旦圣徒面前呆住了，她痛苦之中的酸楚让他们惊异，她痛苦，是因为看见周围人的痛苦，看见他们饥饿得皮包骨，看见那座岛上的居民在坟墓中幸存，被囚禁起来强制工作，在他们从日出到日落一直在那儿干活的制糖厂、工厂中失去自我。突然，她从舞台的一头走向了另一头，用她拖尾的爪子划过地面，开始傲慢地梳起侧面的长羽毛，抖起眼睛外面的鬃毛，好让自己看得更清楚、量得更准确那些瞄准了她的大炮炮筒的距离。她终于开始唱歌，用她声音的痔疮淹没整个海岛，用自己的鲜血浇灌它，好令它重生，令它从一侧红到另一侧。她从自己声音的垃圾场吐出了全世界所有的垃圾，好净化这座岛，让它远离当初他们用来埋掉它的肮脏秽物。

我睁开了眼睛，看着白日的明亮如何染白了窗户，我感觉到失眠的汗液还在眼皮上灼烧着我。我一整晚都在找她，徒劳无用地试图找到她。她爬上了妈妈的后背，或是塞莉亚的后背，如天使般愤怒盲目地奔跑。也许她

会骑着茹斯巨大的肚子前来，或者把自己固定在了露斯
彩虹色的后背，那美丽挺拔的穆拉托人[1]的脖子，被风吹
散、撩动、拨乱的头发。也许她会来这儿找我，骑在伊
莉斯的脊背上，向她坐骑的臀部位置后倾过去，一会儿
又压着胸脯朝前倾回来，在我疯狂的眼睛前模糊着她橙
黄色长发的焦点。

我从床上站起来，靠近了窗户。从这里我可以看见
被烧过的四方庭院，四个生硬的角落，仿佛精确的直角
管道。在每日的训练中确定出来的距离安慰着我，让我
把我身体的重量完美地集中落在脚面上，这让我忘记了
恐惧中的不确定。右边墙壁的影子不太像音名发或是升
G小调，一道黑墨躺在地上，嵌在那个角度里，正好是
水泥地的开端。我靠在窗框上，又一次开始唱颂乐，唱
起来，梦起来。我闭上眼睛，已经准备好去等待她，并
再一次感受到了那种平和，每次我横穿太阳间的草原
时都会感到的平和，还有让我探身去看她休憩中的脸颊
的池水时，给我安慰的晕眩。在值班看守纵容的目光下，
我开始压低声音再次唱起她，即兴诠释她。

没有持续百年的恶，马力贝伦巴，也没有撑得过百
年的身体，我们唱着，我们楚马拉卡特罗，上帝养育了
他们，他们聚在一起，我和你说，那些黑人会聚集，我

1　Mulato，黑白混血人或黑白混血人的。

们以前就知道现在所有人都知道的事，先生们，其他的我们一无所知。我带来一个炸弹，我们合唱，像一个水龙卷，在伊斯玛埃尔的指挥下，我们叮叮叮，我们咚咚咚，听起来真有味儿。地平线让露塞希塔的眼睛越眨越虚弱，海湾水面上的倒影中，棕榈的树梢渐渐发白。在她脸朝下倒在茹斯的屁股上时，我们看见她声音的火药库在我们的脑袋上伴随焰火散去了，没有造成任何伤害。是伊莉斯推的她。因为伊莉斯看见了她的虚弱，明白那时只有强有力的举动才可以带动人群，彻底地拯救他们鲜活的生命。伊莉斯低下头，谦卑地接受了自己时刻的到来，那个令人恐惧的秘密集会的时刻，先知们会带着自己的名望来到祭坛，颂乐乐手也会加入祷告，他们会为你的神圣欢呼，称你为女性下体的起重机、能托举起一切的人。你被白鸽包裹，像被情书围绕，惹所有爱你的、经历过你的人的注目，受所有爱你的、经历过你的人的奉承。未婚妻伊莉斯，永远地，是金刚、帕波特和《一条好汉顶七人》主人公[1]的洁身自好的忠贞新娘。她站在那里，太阳下的金鞋一直闪闪发光，用力一跳，跳上了木台，在众人僵硬的眼睛前，缓缓地打开了她巨人般的腿。在她倒置过来的下体的顶点处，出现了金字塔形的海。突然，一阵咸风在她的两腿之间吹起了口哨，接

---

1 Kinkong，Papote 及 Siete Machos，皆为电影男性角色。

着，她用十四克拉的鞋跟狠狠一跺木板，开始了舞蹈。

珠光裹身的她踩在木鞋跟上四处旋转，在矜持和干瘪的人们面前快速扭动着自己小巧的奇迹般的臀部，炫耀着她赤裸、湿润的肉体，她令人们绝望，令他们扯下了头盔和面具、衣衫和手套，令他们夺下了从草丛溜走的人们的冲锋枪和喷火器、来福枪和棍棒，他们扭摆起屁股，沉浸在女同性恋者的颂乐中，沉浸在妖娆肥臀的颂乐中。先生们，我就是你们的领袖，请随最后一张唱片的颂乐摇摆起来。她用他们的腰臀组成战鼓，希望能在重新开始之前夷平一切，推翻一切。她用光芒怒射所有手执短鞭意欲逮捕她的人，用她红色乱发织成的渔网捕获他们，威胁他们说，她将封住他们如神圣可爱的巨型风车正在舞动的身体。她右眼中的痣不可遏制地随她声音的节奏嗡嗡作响，随她口中令人疯狂的"不要拉住我"[1]而嗡嗡作响，随她伸出的溅染鲜血的手指所表示的"不要摸我"而嗡嗡作响，他们的棍棒离她越来越近，却没有人敢碰她，龟裂的血液掉落在她周围，却没有人敢碰她，他们把狗扔在她身上，却没人敢碰她，他们向她神圣的现在正渗血的臀部扑过去，却没人敢碰她，他们

---

1 原文为"Nolimetángere"。"Noli me tangere"出自五世纪的《圣经》拉丁文译本。《约翰福音》（20:17）中记述，耶稣复活后向抹大拉的马利亚显现，并说："不要拉住我，因为我还没有升上去见我的父。"（译文参考《圣经》中文和合本修订版，新标点和合本将其译为"不要摸我，因为我还没有升上去见我的父。"）

尖声舔舐她桂皮褐色的甜蜜大腿，却没人敢碰她，他们服帖地吸吮着她双腿间的蜂蜜鸡蛋杏仁蛋糕，却没人敢碰她。伴随她歌声的节拍、伴随她煽动起革命的声音的节拍，她用自己的两片金贝壳夹击她敌人的脸，用自己玫瑰色酒囊所脱落的两片皮击打着他们的前额、脸颊、耳朵，用坚实的鞋跟把他们惊恐的双眼踩得永远凹陷了下去。

终于，她穿过门，进入了我的牢房，仿佛她穿过的是荣耀之门。冰冷的身躯在我面前挺立，闪烁的愤怒刺盲了我的眼，我观察着她，从我的眼睛如流脓般一滴一滴把她流出来，仿佛她是致命的毒药，从我脸颊上一道道结了晶的眼泪中缓慢地将她蒸馏出来，再把她凝固在一个个世纪的悲泣中，凝固在所有被灭绝、被压迫、被剥夺为人资格、被处决、被希望永远抛弃了的人的抽泣中，她带着血，从所有的伤口被分泌出来，浸泡在脓肿中，被精液玷污，被排泄物弄脏，她惊恐地在粪便和尿液中诞生，把脸仰起来，朝向阳光，我听见了她的叫喊：

楚马拉卡特拉马机诺兰德拉

楚马拉卡特拉马机诺兰德拉

楚马拉卡特拉马机诺兰德拉

楚马拉卡特拉

楚马拉卡特拉

马机纳

有毒的故事

国王对智者鲁扬说：

"智者，这上面一个字都没有。"

"再翻一页。"

国王便再翻了一页，很快，剧毒就
传遍了他全身，因为那书里有毒。

国王颤抖着，哀嚎道：

"毒已经蔓延到我的全身了。"

——《一千零一夜》

洛萨乌拉住在一栋大房子里，房子的阳台被密实的紫红三角梅覆着，一片阴凉，她每天都躲在阳台后面读故事书。洛萨乌拉。洛萨乌拉。她是个忧郁的青年，没什么朋友；但没有人知道她为什么这么忧郁。她很爱自己的父亲，所以当他在家时，总能听到女儿在走廊或客厅发出的笑声和唱起的歌谣，他一离开家去工作，她便会像变戏法似的消失，躲起来读故事。

我知道我应该起来去接待亲戚，为她们那些令人无法忍受的丈夫递上白兰地，但我实在是太疲惫不堪了。我只想歇歇已经快要报废的脚，任女邻居们的一串祈祷落在我身旁，仿佛一串可恶的没有尽头的念珠。堂洛伦索是位家道中落的甘蔗园庄园主，只有每天从早干到晚才能勉强维持家里的生计。先是洛萨乌拉，然后是洛伦索。这真是一个惊人的巧合。她很爱那个自己诞生于其中的房子，它的柱廊架在甘蔗园上，仿佛顺风而行的轮船。房子本身的历史也滋养了她对它的爱——一百年前，土生白人伏在它的雉堞之上，第一次抵抗住了侵略军。

穿行在它的厅堂和阳台，堂洛伦索不禁热血沸腾，仿佛听见了旧式火枪的鸣响，以及在战争中为捍卫祖国而牺牲的人们的怒号。然而，这几年，他在家中走动时，需要格外多加些小心，因为地板上的坑洞越来越多，甚至可以看见幽深窟窿尽头处的鸡圈和猪圈——他已经不得不把它们养在地下室了。尽管房子已破败朽烂，但堂洛伦索却从来没有想过要卖掉它或他的庄园。他坚信，一个男人可以卖皮卖肉卖四肢，甚至可以卖眼睛，但就是不可以卖土地，土地就像心脏，不能卖。

我不能让其他人看出我的惊讶，我巨大的讶异。在发生了这一切之后，我们竟还要做那狗屎作家的受害者。好像我的女顾客们每日发的牢骚还不够似的。"要是他们能看见她的样子，"我听见她们在躁动的扇子后面说着，"那猴子啊，给她穿上丝绸的衣裳，她也还是只猴子。"坦白说，虽然现在我已经不在乎了，但还是要感谢洛伦索，让我避开了她们的魔爪，避开了她们的"再把我的领子裁低些，罗莎，再把我拉锁这儿紧一紧，罗茜塔[1]"。

1　罗茜塔（Rosita）为罗莎（Rosa）的指小词形式，表示亲昵。

我和从前一样和善，收和从前一样的价钱。但我已经不想再想这些了。

在他的第一任妻子死后，堂洛伦索觉得异常孤单，他放开了自己充满活力的健康天性，拉住了最近的救命希望。他就像一个在大海汹涌的腹中奋力划水的遭遇海难的人，正好撞上了刚刚沉没的那艘船的一根木棍，于是他拼命地抓住了它，以便保持漂浮的状态，就这样，堂洛伦索抓住了罗莎——他前妻从前的服装师——宽宽的腰臀以及她更加丰满的胸脯。办过婚礼之后，他回归了家居生活，堂洛伦索的笑声再一次在家中回响起来，他很努力，因为只有这样，她的女儿才可以幸福。他是个有文化的人，喜爱艺术与文学，所以并不觉得洛萨乌拉对故事书的执着热爱有什么不好。他每年都会在女儿生日时送她一本好书，毫无疑问，他是因为生意失败导致她被迫退学，心生愧疚，才这么做的。

事情越来越有趣。作者的叙事方法让我发笑，他就像一个自大狂妄又爱卖弄的家伙，一个油腻的乡镇小丑。我对他没有丝毫好感。罗莎是个很实际的女人，过去的精致华美对她来说代表着一种不可被原谅的任性。这样的性子让她和洛萨乌拉很疏远。家里满是做工精细的旧娃娃，就像女孩在书里读到的描述一样，衣橱里塞满了包心玫瑰和覆着尘灰的天鹅绒，还放着破碎的玻璃大烛台，洛萨乌拉肯定自己曾经在夜里看见过四处游荡的鬼魂举着它们行走。罗莎和镇上卖金属物件的商贩做起了买卖，她一件一件地卖掉了家里的古董，并且丝毫没有感觉不安。

油腻的小丑搞错了。首先，洛伦索已经爱我很长时间了（在他妻子死前很久就开始了，他曾大胆地在她的病榻前用眼神脱我的衣裳），我对他的感情是一种夹杂着同情的柔情。正是因为这个，我才嫁给了他，至于经济利益，我丝毫没有考虑，完全不像这个无耻的故事里暗示的那样。我拒绝了几次他的求婚，后来，在我终于同意时，我的家人都觉得这件事简直太疯狂了。嫁给他，在那栋废墟一样的大宅子里整天做家务活，简直就是在事业方面自杀，要知道，在结婚之前，我的作品已经在镇上最高雅最特别的精品时装店赢得了名气和赞誉。其次，卖房子里的破烂儿不仅非常有益于心理健康，而且也有益于家里的经济状况。我自己的家一直很穷，但我很为之而骄傲。我来自一个有十个儿女的家庭，但是我们从来都没挨过饿，现在，这里被刷成纯白的食物储藏柜空荡荡的，光从柜顶的天窗透下来，照着里面令人目眩的空洞，那场景简直可以把最勇敢的人的傲骨给冻住。我把家里的废品卖了是为了之后再把家填满，为了在每天的晚餐时间，能在饭桌摆上结实的硬面包。

然而，罗莎的兴致并没有到此为止，她开始贩卖曾经属于洛萨乌拉母亲和祖母的银质餐具、桌布和床单，她勤俭成痴，甚至没有放过这个家庭稍稍有享乐意味的饮食习惯。蛋黄炖兔肉，还有野鸽猪肉豌豆饭——翅膀以下的鸽肉会烤得刚刚好，鲜嫩无比——都被永远地流放出了餐桌。最后这一点让堂洛伦索悲伤不已，因为除了自己的妻子和女儿，他在这世上最爱的就是这些土生白人特色菜，热气腾腾的它们能把他的脸颊提到微笑的眼角去。

什么样的人才能写出这样一连串的蠢话和诽谤中伤？不过不管谁写的，都得承认，这个人很明白怎么起个好题目。很显然，无论在上面吐多少毒药，这书本都承受得住。

罗莎的勤俭美德甚至达到了"家中油灯永灭，街头路灯常亮"的程度。"应该用微笑迎接困境，没必要让邻居看见咱们的不幸是真的不幸。"她星期天去做弥撒前穿上自己最华美的礼服时这样兴奋地说道，同时要求堂洛伦索也穿上自己最好的衣服。她在房子的底层开了一家时装设计店，并荒谬至极地给它取名为"巴士底狱的标尺"，像是在为自己招揽最有文化的顾客群，她整夜整夜地在那里穿针引线，裁布缝衣，把贩卖值钱家当得来的钱全都投在了为顾客量体裁衣的生意里。

镇长夫人刚刚进来。我不会起身问候她，稍稍点个头就可以了。她身穿我的作品，是一件特制款，为了让她满意，前前后后返工了十次。虽然我知道，她想让我走过去，告诉她，她那身衣服有多合身，她穿着有多美，想让我对她卑躬屈膝，但是我不想这么做。我累了，不想再奉承镇上富人的太太们了。最开始时，我很同情她们：在豪宅的玻璃回廊中如窒息的花朵般慢慢凋谢，除了桥牌，没有任何事能让她们动动脑子，她们像蝴蝶一样，从一段闲话跳到另一段，从一次下午茶跳到另一次，简直让我心碎。那种无聊如满手长毛的食人魔，已经了结了一些人的生命，她们成了神经机能病和抑郁症的受害者，最终离开了人世。后来，我开始在我简陋的裁缝铺宣扬线条和色彩的救赎之道，毫无疑问，时尚之美就是最崇高的美德，是女人最神圣的特性。时尚之美是万能的，可以治愈一切，挽救一切。它拥有大批追随者，在我们大教堂的穹顶壁画上就能窥见一二，天使身上的华服就足以感召那些最不信教的人。

在洛伦索的慷慨帮助下，我订阅了巴黎、伦敦和纽约最高雅的杂志，并且开始在《镇报》上每周出版一次讲解文，把那些时尚之都最著名的高级时装定制品牌所引领的最新风尚展示给我的顾客。在秋季应该穿洋红还是觅菜红，在春季应该把腰带打成尖尖的洋蓟般的褶还是层层花瓣般的褶，在冬季应该用玳瑁扣还是核桃扣，对我的顾客来说，这些就是教义的材料和虔诚的准则。很快，我的作坊便成了活动的密集举办地，我接到的订单数不胜数，还不断有贵妇来访，向我征询对她们最新配饰细节的意见和建议。

成功很快让我们变得富有，这一切都要感谢洛伦索，他卖掉了庄园，借给了我一笔资金，让我用来扩大生意，这才使这个奇迹变为可能。因此，今天，在这个安葬他的悲伤日子里，我没必要和任何人彬彬有礼。我已经厌倦了鞠躬致意、溜须拍马，厌倦了这么多个受到奉承才能感觉到自己存在的贵妇。就让镇长夫人自己去提自己的尾巴、闻自己的屁股吧。我宁愿读一千遍这个无耻的故事，也不愿昧着良心和她说话，告诉她她今天搭配得非常好，告诉她她的巫婆披肩、平板鞋还有可怕的包都十分衬她。

堂洛伦索把自己的房子和庄园卖了，和家人一起搬到了镇上生活。这个变化对洛萨乌拉很好：她的脸色渐渐红润，又交了多到数不清的朋友，他们会一起去林荫道或公园散步。她有生以来第一次对故事书失去了兴趣，几个月后，当她的父亲把集子里最后的一本书送给她时，她读到一半就把它忘在了客厅的小圆桌上。相反，这变化对堂洛伦索来说很糟糕，他越来越悲伤，心上缀满了卖掉他的庄园和他的甘蔗的失落。

罗莎在新的地方扩大了她的生意，老主顾也越来越多。毫无疑问，换店面对她很有利，现在房子的整个一楼都被她拿来做了店面。门旁边没有了嘈杂的鸡笼和猪圈，她的客人也上了一个档次。然而，这些贵妇经常赊账很长时间，而罗莎又禁不住诱惑，总把最奢华的衣裙留给自己，所以，她的作坊一直没有太大起色。就是在那时，她开始不断地用留遗嘱的事来折磨洛伦索。"如果你现在死了，"一天晚上，她在睡前对他说，"我就得一直工作到死来还债，如果只有你一半财产，那我连个开头都补不上。"堂洛伦索没说话，低着头，不愿剥夺女儿的遗产，把好处都留给罗莎，于是她便开始辱骂洛萨乌拉，说对方每天就想着看书度日，而她自己，为了他们父女，成天缝啊织啊，眼球都快脱落，手指肉都快掉了。转身熄灭床头灯前，她对他说，既然在这世上他最爱自己的女儿，那她没有别的办法，只能抛弃他了。

很奇怪，面对正读的东西，我很麻木，觉得无所谓。不知从哪儿，一道寒流钻进了房间，我开始头晕，不过，应该是这无止尽的守灵造成的吧。我不知道他们何时才能把棺材从大门抬走，不知道这一波诽谤何时才能散去。和我顾客所传的流言蜚语不同，在这个奇异的故事里，真正有意思的是它粗俗的讽刺，不知不觉中，它们已经扎到了我。不管怎样，我对洛伦索是好的；我的良心过得去。这是唯一重要的。的确，是我坚持要搬到镇上的，但这对我们都很好。也是我坚持让他把所有遗产都留给我的，因为我认为自己在管理资金方面，比洛萨乌拉有能力得多，她每天把脑袋钻在云彩里，不知道在干什么。但是我从来都没有威胁过他要抛弃他。当时，这个家的状况越来越差，洛伦索离破产越来越近，但是他却好像不在乎，他一直都有点儿任性，偏偏在这个事关我们生存的紧要关头开始坐下来写一本关于爱国志士的书，讲他们如何为独立事业而奋斗。

他每天晚上都在那里潦草地一页页写，还会大声说胡话，说1898年，我们的居民张开双臂迎接了那些海军陆战队员，从那时起我们就悲剧地丢失了身份。正如洛伦索在他书里写到的，事实上，在他们到来后的一百年里，我们一直处于内战边缘，但是，这个岛上仅有的想独立的人就是那些有钱人和不切实际的人，比如破产的庄园主，他们还在梦想着昨日的辉煌，仿佛那是他们失落的天堂；再比如渴望权力的痛苦政客，还有那些像本故事的作者一样的狗屎作家。岛上的穷人一直都很怕独立，因为他们宁可死，也不愿看见自己被资产阶级的高贵皮靴踩在脚下。无论是共和国派还是美国自由邦派，所有的政客大佬都一样，一百只脚围着他们，哪只脚什么时候会瘸他们一清二楚。这个岛上的有钱人都天生就瘸，但是一到分咸肉的时间，他们却比一群饥饿的红尾鹜飞得还要快；他们自称对美友好人士或美国佬的朋友，但实际上他们却很恨对方，希望对方留下他们的美元就滚蛋。

在女儿生日到来之际，堂洛伦索照旧给她买了一本故事书。洛萨乌拉则决定在那一天为父亲做一罐番石榴果酱，从前，都是母亲给他做的。她一整个下午都站在炉灶前翻搅那沸腾的红水，在那期间，她感觉自己看见了母亲，被弥漫在整个家里的一波波粉红香气托举着，在走廊和客厅间进进出出。

那天晚上，堂洛伦索幸福地坐在桌旁，吃了晚餐，他很久都没有这么好的胃口了。吃过晚餐，他把装订好的书送给洛萨乌拉，像以往一样笑着说："书皮用的可是驼鹿心脏的皮。"他没有过多理睬妻子的阴阳怪气和被怒火笼罩的眉头，父女两人一起饶有兴致地看着精美的书册，金色的页边衬着紫红的书皮，格外雅致。罗莎坐在椅子上一动不动地看着他们俩，什么话也没说，她嘴角冰冷的微笑为嘴唇罩上了一层霜。那晚她穿着自己最华美的衣裳，因为过会儿要和堂洛伦索一起出席镇长家举办的盛大晚宴，也正因如此，她不想发火，也不想对洛萨乌拉失去耐心。

后来堂洛伦索开始和妻子说笑，想把她从自己的沉思中捜出来。他对她说，洛萨乌拉书里女王和贵妇充满异域风情的衣裳也可以为她设计时装带来灵感。"不过，要给你丰满的身体做衣服的话，可能得比给她们做要多扯几块丝绸。我不介意掏这个钱，因为你是个真女人，不是书里那些病恹恹的玩偶。"他一边说一边狡猾地捏了她的屁股一下。可怜的洛伦索！很明显你是爱我的，是的。你一开玩笑，我总是笑到眼泪都流出来。罗莎还是僵在她麻木的沉默里，觉得那玩笑低级极了，书上的插图和版画也一点儿都没能触动她。在翻完了那精美的书册之后，洛萨乌拉从桌旁站起身，拿来了那一盘甜品，要知道她一大早就在家里宣扬了半天自己要做的东西。然而，当她把果酱端到父亲身旁时却把它打翻了，溅了继母一身。

读到现在，有件事一直让我很膈应，现在，我终于知道它是什么了。番石榴甜品的事已经过了很多年，那时我们还住在庄园大宅里，洛萨乌拉不过是个小女孩。油腻的小丑或者弄错了，或者不要脸地故意修改了故事发生的时间顺序，让人以为这些是近来才发生的事。但事实并非如此。故事里提到的那本书是洛伦索在几个月之前送给洛萨乌拉的，以庆祝她的二十岁生日，但是六年前，洛伦索就已经把庄园卖掉了。任何人都会说她只是个孩子，但事实上，她已经是一个女人了，是一个即将成年却幼稚任性的人。她每天都与她的母亲、与这镇上麻木不仁的女人更加相像。她拒绝在家里干活儿，也不上街找工作，就靠着辛苦劳动的人挣来的硬面包生活。

番石榴甜品的事我记得很清楚。那时我们正要去镇长家参加鸡尾酒宴会，在那之前，洛伦索，你自己已经和他提出，希望他能买下你的"日暮庄园"，你总是充满怀念地这么叫它，不过邻居们却都嘲笑它，管它叫作"屁股庄园"，因为他们看你不顺眼，你总自以为贵族，总想在那里建一座历史博物馆，好为后世子孙留下一些甘蔗园帝国的无关紧要的文物。在你床榻的蚊帐里，经过一夜夜固执的争论，我终于说服了你，我们不能继续住在那栋房子里，那儿没有电也没有热水，更可怕的是，每天我们都得在阿方索十二世送给你爷爷的法国普罗旺斯式粪桶上拉屎。所以，那晚，我穿上了制作精美的、《飘》里描述的那种华服，层层锦缎连风都带不走。只有它才能给镇长令人厌烦的夫人留下深刻的印象，才能投其所好，因为她最迷恋的就是雍容宏大。他们最终买下了我们的房子和里面的一切古董，但却并没有修建镇上人人都能参观的博物馆和公园，只是为他们自己造了一栋乡间豪宅。

罗莎一怒之下站起身来，惊恐地看着一道道鲜血颜色的糖汁缓缓地顺着她的裙摆流下去，染脏了鞋上的缎面扣袢。刚开始，她气得发抖，却一个词都说不出。等她回过神来，才开始怒气冲冲地辱骂洛萨乌拉，说她一辈子就知道读故事，而自己为了供养他们父女，不停地做衣裳，熬坏了眼睛，磨坏了手指。一切的错都在堂洛伦索送给女儿的那些书上，这些书可以证明，洛萨乌拉在家里比她更受尊重。罗莎宣称，如果不立即把它们扔到院中，并由她亲手放火焚毁，那她将永远地离他而去。

应该是蜡烛的烟吧，应该是爱神木的气味吧，我怎么感觉越来越晕眩。我不知道为什么在出汗，手也开始抖了。这本我正读着的书开始感染我身上一处隐秘的部位。话还没说完，罗莎便像要死了一般，脸色无比苍白，没人来得及扶住她，她倒在了地上，失去了知觉。妻子的昏厥把洛伦索吓坏了，他跪在了她的身旁，抓起她的手，开始哭泣，轻声哀求对方，要她回来，不要抛弃他，他已经决定要满足对方的一切要求。听到自己骗来的承诺，满意的罗莎睁开了双眼，笑意盈盈地看着他，并表示，为了和解，她允许洛萨乌拉保留自己的书。

那一晚，在流了很多眼泪之后，洛萨乌拉终于睡着了，她的枕下压着父亲的礼物。她做了一个奇异的梦。梦见在那本书的故事中，有一个故事是有毒的，它可以无情地毁灭它的第一个读者。它的作者，在写下这个故事时，谨慎地在文中留下了一个标志，一种能让人认出它的方式，然而，在梦中，无论洛萨乌拉如何努力搜寻，都没能找到那个标志。当她终于醒来时，全身都浸在冷汗中，却仍然不知道那妖术究竟以何种方式实施，不知道它将影响的是嗅觉、听觉还是触觉。

几个星期之后，堂洛伦索在自己的床上安详地去往了更好的地方，之前，妻子和女儿一直守护在侧，悉心照料，用心祈祷。他的身旁摆满了鲜花和百合，亲属们围坐一周，哭泣着赞美逝者的美德，当罗莎进入房间时，手上拿着堂洛伦索送给洛萨乌拉的最后一本书，为了它，她和亡夫之间曾发生过十分激烈的争吵。她稍稍问候了一下镇长夫人，点头的幅度令人难以察觉，接着，她找到了一把与其他亲属有些距离的椅子，坐了下来，想得到片刻的安宁。她把书放在裙子上，随手翻开一页，随后，一页一页地慢慢翻看着，欣赏着书中的插图。她想，现在自己是个有经济能力的女人了，已经可以着手为自己做一套女王的绚丽华服了。她又翻了几页，没什么新意，但接下来的故事引起了她的注意。不同于其他故事，她面前的这一个没有配任何插图，并且，印刷字体的颜色是很奇怪的番石榴色。第一段就让她大吃一惊，因为那女英雄的名字正好和自己继女的名字相同。她用舌尖沾湿了无名指，开始尽力分开那些烦人的、被黏稠墨汁粘在一起的书页。从愕然到吃惊，从吃惊到讶异，从讶异到恐惧，尽管越来越不舒服，但在好奇心的驱使下，她始终没有放弃阅读。故事是这样开始的："洛萨乌拉住在一栋大房子里，房子的阳台被密实的紫红三角梅覆着，一片阴凉……"然而，罗莎永远都无法知道故事的结局了。